Wahre Geschichten und solche, die wahr sein könnten

Danksagung

Wir danken Karl Drygalla für seine Unterstützung bei der Zusammenstellung dieses Büchleins. Wir danken auch dem Seniorenklub Salzhausen, von dem wir ständig angeregt wurden, Geschichten aus unserem bunten Leben zu erzählen.

Wahre Geschichten

und solche, die wahr sein könnten

mit Ideen und Zeichnungen von Ellen Passmann

Bibliografische Information der Deutschen Nationalbibliothek:
Die Deutsche Nationalbibliothek verzeichnet diese Publikation in der Deutschen
Nationalbibliografie; detaillierte bibliografische Daten sind im Internet über
< http://dnb.d-nb.de > abrufbar.

© 2007 John W. Passmann
Neue, erweiterte Auflage
Satz, Umschlaggestaltung, Herstellung und Verlag: Books on Demand GmbH,
Norderstedt
ISBN: 978-3-8334-8046-1

Inhalt

III Besinnliches

IV Skurilles

V Vermischtes

I

Weihnachtsbräuche

In Amerika weiß jedes Kind, dass der Weihnachtsmann am Nordpol wohnt. Und was macht ein jedes Kind mit seinem Wunschzettel zum Weihnachtsfest? Natürlich wird er besonders schön und sorgfältig geschrieben, meistens auch mit selbstgemalten Bildern verziert, in einen Umschlag gesteckt und an den Weihnachtsmann geschickt. Und die Adresse? Selbstverständlich »Nordpol!« Auf dem berühmten Alaska Highway kommt man nach vielen Meilen durch wilde Landschaften (ganz genau sind es 1.523 Meilen, also fast 2.500 Kilometer) und nach dem Überschreiten der Grenze zwischen Kanada und dem US-Staat Alaska kurz vor Fairbanks an einen kleinen Ort, und der heißt – NORTH POLE. In diesem Ort lauten die Straßennamen »Christkindweg,« »Nikolausallee,« »Rentiergasse,« »Schlittenbahn« und so weiter. Dazu sollte man wissen, dass der Weihnachtsmann mit dem Rentierschlitten vom Nordpol kommt, um die Weihnachtsgeschenke zu bringen. Das berühmte Rentier Rudolph soll übrigens schon bald in den Ruhestand versetzt werden. Ein kleines Postamt existiert natürlich auch in North Pole. Da dies, wie bereits erwähnt, nur ein kleiner Ort ist, hat die Post normalerweise wenig zu tun. Aber in der Weihnachtszeit! Da kommen all' die vielen Briefe mit den Wunschzetteln an. Und da sind praktisch alle Einwohner des Ortes bei der Post beschäftigt. Es wird als Ehrensache betrachtet, dass ein jeder Brief beantwortet wird. Und wie es dort so der Brauch ist bei Ehrenämtern, arbeiten Hunderte von Bürgern unentgeltlich als Briefschreiber für den Weihnachtsmann. So werden ein schöner Kinderglaube und ein hübscher Brauch am Leben erhalten.

Wintersport im Hohen Norden

In Anchorage, der größten Stadt im US-Bundesstaat Alaska, wird es im Winter recht kalt. Das Land rundum versinkt in Schnee und Eis. Und aus den Strassen der Stadt werden richtige Eisbahnen. Die wenigen Autos, welche auf diesen Strassen noch fahren, müssen mit spikesbewehrten Reifen ausgerüstet sein. Im Übrigen findet der Verkehr, vor allem außerhalb des Stadtgebietes, nur noch mit Flugzeugen statt, die mit Schneekufen ausgestattet sind, oder mit Skidoos, also Motorschlitten, manchmal auch noch mit Hundeschlitten. Natürlich ist nicht viel los in Anchorage während dieser Jahreszeit. Die Bewohner halten sich bevorzugt im Inneren der Gebäude auf. Im Stadtzentrum gibt es überdachte und beheizte Fußgänger-Passagen, »Walkways« genannt. Im Februar eines jeden Jahres jedoch bereitet sich ein großes, mit Spannung erwartetes Ereignis vor. An einem Samstag in diesem kältesten Monat des Winters findet das jährliche »Outhouse«-Rennen statt. Lassen Sie mich zuerst erklären, was ein Outhouse ist. Wegen des Permafrosts ist der Boden ab etwa 30 cm Tiefe das ganze Jahr über fest gefroren. Daher ist es fast unmöglich, eine Kanalisation zu installieren. Nur in den größeren Städten gibt es inzwischen so etwas. In den Außenbezirken und auf dem Lande wurden vor der Erfindung der Chemie-Toilette und werden zum Teil noch heute in ausreichender Geruchsdistanz von den Wohngebäuden Outhouses errichtet, also Häuschen mit Klappsitz und einer kleinen Grube, in der sich ein regelmässig zu leerender Kübel befindet. Es ist der ganze Stolz eines jeden Outhouse-Besitzers, das Häuschen besonders hübsch und schmuckvoll zu gestalten. Das geht von Blumenkästen außen bis zu Bücherborden und kleinen Bildergalerien innen.

Für das Rennen werden nun besonders schön oder originell gestaltete Häuschen auf Kufen montiert. Für die Zusammenstellung des Rennteams existieren strenge Regeln: Jedes Team muss aus zehn Personen bestehen, von denen je vier Männer und vier Frauen zum Ziehen eingeteilt sind, während eine Person von hinten schiebt und steuert und eine weitere Person im Häuschen zu sitzen hat. Dann geht es im Renntempo über die fest gefrorene Strassendecke der Hauptstrasse von Anchorage. Am Schluss der Veranstaltung werden die Preise verteilt: Einer für das schnellste Team, einer für das bizarrste Häuschen und einer für das Häuschen mit der aufwendigsten Konstruktion. Besonders begehrt ist der Wanderpokal. Bei diesem handelt es sich um einen bronzenen sogenannten ›Honigkübel‹.

Es werden noch viele amüsante Geschichten zum Thema Outhouse berichtet, aber davon erzähle ich bei einer anderen Gelegenheit.

Ursa Major

In dem Jahr sollte die Amerikareise ein besonderes Abenteuer werden. Und wir wurden auch nicht enttäuscht. Unter Einbeziehung des Alaska Highways in unsere Reiseroute sollte es nach Norden gehen, ins Land der großen Bärin, deren Sternbild die Flagge des US-Staates Alaska ziert.

Ziel für die Anreise war Seattle, eine der bei US-Amerikanern beliebtesten Städte, welche daher auch die höchste Zuzugsquote aufweist. Das ist auch kein Wunder, denn Seattle ist landschaftlich so wunderschön gelegen, dass man in jeder der vier Himmelsrichtungen eine herrliche Umgebung vorfindet.

Im Osten liegen die malerischen Cascade Mountains, die in ihrem Hauptteil als Naturschutzgebiet ausgewiesen sind. Im Schutz der Osthänge des langgestreckten Gebirgszuges befindet sich ein großes Obstanbaugebiet, in welchem es sogar Orangenplantagen gibt.

Nach Süden hin gelangt man in ein Gebiet mit Vulkanbergen wie dem Mount St. Helens und dem Mount Rainier. Beide stehen als Naturdenkmäler unter der Verwaltung des National Park Service. Sie gehören zu dem den gesamten Nordpazifik umspannenden ›Feuerring‹, dessen zahlreiche Vulkane, Geysire und heiße Quellen sich von der russischen Halbinsel Kamtschatka über die Aleutenkette bis in den Norden Kaliforniens erstrecken.

Westlich liegt der Puget Sound mit seinen zahlreichen Inseln, ein geradezu idealer Tummelplatz für Segler und Wassersportler. Gleich dahinter befindet sich die Olympic Peninsula. Der größte Teil dieser Halbinsel ist ebenfalls Nationalpark. Der Park hat die etwa eineinhalbfache Größe des Saarlandes. Der von ewigem Schnee bedeckte Mount Olympus erreicht eine Höhe von 2,428 Metern.

Im Norden aber führt der Weg in die unermesslichen Wälder Kanadas. Sie erstrecken sich bis an die anschließende Tundra, welche ihrerseits weit hinauf bis ans Polarmeer reicht.

Hier in Seattle also kamen wir an. Vom Pendelbus unseres Stammmotels wurden wir am Flughafen abgeholt. Zunächst einmal ruhten wir uns von den Strapazen der langen Flugreise aus. Am folgenden Morgen brachte uns der Bus wieder zum Flughafen, wo sich auch die Autovermietungen befinden. Wir holten unser Fahrzeug ab, und damit konnte die Abenteuer-Reise losgehen.

Zu Beginn genossen wir sehr die Fahrt durch die parkähnliche Landschaft der Küstenregion des Staates Washington, überschritten bei Vancouver die Grenze zu Kanada und erreichten nach einigen erlebnisreichen Tagen bei Fort St. John den Alaska Highway. Im Informationsbüro an der Grenze hatte man uns noch versichert, dass dessen gesamte Wegstrecke inzwischen asphaltiert sei. Das traf jedoch nicht auf einige Baustellen zu, die zusammen genommen eine Länge von stattlichen 80 Meilen, also etwa 140 Kilometer aufwiesen. Die Baustellen waren ein Abenteuer eigener Art. Dennoch, auch dieser Teil unserer Reise war ein Erlebnis. Die Strasse wurde übrigens während des 2.Weltkrieges von US-amerikanischen und kanadischen Pionieren in einer Bauzeit von nur zehn Monaten fertiggestellt. Sie ist über 1,500 Meilen lang, und das sind immerhin etwa 2,500 Kilometer. In Abständen von jeweils 100 Meilen wurden Materialdepots errichtet, aus denen heute oft kleine Ansiedlungen entstanden sind. Gleich beim ersten Depot hatte man sich um eine Meile verrechnet. Und so nannten die örtlich ansässigen Indianer ihre Siedlung dann auch Wonowon (101 spricht der Amerikaner »one-oh-one« aus).

Wir hatten geplant, früh im Jahr zu starten und mit dem fortschreitenden Frühling nach Norden zu fahren. So kam es zunächst auch. Auf einsamer Strasse fuhren wir durch endlose Wälder im Schmuck frischen, grünen Laubes. Nur sporadisch begegneten wir Fernlastern, denen wir, vor allem im Bereich von Baustellen, respektvoll reichlich Platz einräumten. Am Straßenrand taten sich die unterschiedlichsten Tiere im Sonnenschein am frischen, jungen Gras gütlich. Die Schwarzbären waren sehr neugierig und stellten sich zum Fotografiertwerden geradezu in Pose. Elche hingegen waren eher scheu und liefen in ihrem hochbeinigen Trott immer gerade dann davon, wenn man den rechten Moment für ein Foto erwischt zu haben meinte. Bisons und Karibus gab es reichlich. Einmal beobachteten wir auch einen Luchs auf der Pirsch nach seiner Lieblingsmahlzeit, den Schneeschuhhasen. Diese haben ihren Namen daher, dass sie ihr im Winter weißes Fell bei Beginn des Frühlings bis auf die Pfotenbehaarung ablegen. Dann sind sie mit einem braunen Fell, aber mit weißen Socken bekleidet. Viele andere Tiere gab es noch. An einem Ort trafen wir sogar auf das Anwesen eines Lamazüchters. Der Anblick dieser eigenartigen Tiere war in der Umgebung der kanadischen Wälder doch sehr ungewöhnlich.

Immer weiter nach Norden fuhren wir, und bald erreichten wir den in einer atemberaubenden Landschaftskulisse gelegenen Muncho Lake. Als sich nach Durchfahren eines Felsentores der Blick auf den See öffnete, mussten wir erst einmal anhalten. Und dies nicht etwa nur, weil der Anblick so überwältigend war, sondern auch, weil uns eine Schar Bergziegen den Weg versperrte. Am See liegt einer der eindruckvollsten Rastplätze am gesamten Highway. Vor Jahren hatte sich hier ein Ehepaar aus der Schweiz angesiedelt und zunächst ein hübsches Holzhaus, ganz im Stil eines Schweizerchalets, errichtet. Der Mann war Pilot und flog Touristen zu den Jagdgebieten der Umgebung. Schon bald hatte das Geschäft einen solchen Umfang angenommen, dass zusätzliche Unterkünfte gebaut werden mussten, auch für Angler, für welche der See geradezu ein Paradies darstellt. Inzwischen ist eine Ferienanlage daraus geworden. Verstreut liegende schmucke Holzhäuschen mit leuchtend roten Dächern, in deren Mitte sich das ganz in Blockhausbauweise errichtete Motel mit einem zünftig eingerichteten Restaurant befindet. Etwa zwei Dutzend Gästezimmer stehen zur Verfügung. Bei unserem Besuch war der See noch fest zugefroren, obwohl die Sonne schon recht kräftig schien.

Am folgenden Tag erreichten wir den Liard River, der uns eine Strecke Weges begleiten sollte. Wieder erwartete uns eine Besonderheit: Ein begrenztes Gebiet mit einer Anzahl von heißen Quellen, in dem infolge der Erdwärme und des reichlich fließenden erwärmten Wassers ein lokales Kleinklima entstanden war. Dieses Phänomen führte zu einer fast tropischen Vegetation auf einem Gebiet von wenigen Quadratkilometern Größe, und das inmitten der beginnenden Tundralandschaft. Hier waren auch mehrere Badehütten entstanden, so dass zu jeder Jahreszeit in den natürlichen Badebecken ein heißes Bad möglich war.

Nach zwei Wochen Alaska-Rundreise fuhren wir, um viele interessante Erlebnisse reicher, auf dem Alaska Highway wieder gen Süden. Auf der kontinentalen Wasserscheide machten wir noch die Bekanntschaft eines weithin berühmten Originals: Scully, Holzschnitzer, Poet und Sonderling, hatte sich genau hier seine Hütte gebaut. In lebhaften Gesprächen freundeten wir uns mit einander an. Während unseres kurzen Aufenthalts kam es zu interessanten Gesprächen, und wir durften seine Werkstätten und seine Arbeiten besichtigen. Zum Abschied überreichte er uns noch sein Büchlein mit einer Sammlung skurriler Weisheiten und wünschte uns in seiner persönlichen Widmung eine gute Heimreise. Solche guten Wünsche konnten wir sehr gut gebrauchen, denn plötzlich hatte der Winter sich entschlossen, noch einmal einen ernsthaften Versuch zur Rückkehr zu starten.

Mit heftigem Schneetreiben im Rücken beeilten wir uns, Dawson Creek und damit Meile 0 des Alaska Highways zu erreichen. Danach lag zwar noch ein weiter Weg bis nach Seattle vor uns, aber offenbar reichte die Kraft des in den letzten Zügen liegenden Winters nicht mehr dazu aus, uns über das Ende des Highways hinaus zu verfolgen.

Kokopelli

Moab ist eine kleine Stadt im US-Staat Utah und liegt inmitten der Touristikgebiete um die Nationalparks Arches, Canyonlands und Capitol Reef. Alle sind von Moab aus leicht zu erreichen. Die Stadt lebt fast ausschliesslich vom Tourismus und ist daher mit allen Einrichtungen versehen, die der heutige Tourist erwartet.

An einem Wochenende kamen wir in Moab an und wollten in einem Motel unserer Lieblingskette Quartier nehmen. Das war allerdings nur für eine Nacht möglich, denn für den folgenden Tag hatte sich eine Gruppe von Naturfilmern angesagt, welche das Motel für zwei Wochen ganz für sich beanspruchte. Also verwandten wir den nächsten Tag darauf, uns in dem anheimelnden Ort umzusehen und dabei gleichzeitig nach einer neuen Unterkunft Ausschau zu halten. Bei unserem Rundgang fiel uns eine schöne, gepflegte Parkanlage auf, in deren Mitte sich ein Mormonentempel erhob. Durch das einladend geöffnete Tor betraten wir den Park, um darin spazieren zu gehen. Gleich hinter dem Tor befand sich ein kleines Gebäude, in dem wohl die Verwaltung der Anlage untergebracht war. Kaum hatten wir den Park betreten, da stürmten aus diesem Gebäude auch schon zwei ältere Damen auf uns zu. Sie verwickelten uns gleich in eine Unterhaltung über das Woher und Wohin, und wir bemerkten sehr bald, dass es hauptsächlich darum ging, uns für die »Heiligen der letzten Tage«, wie sich die Mormonen selbst bezeichnen, zu begeistern. Schnell hatten die beiden Damen nämlich bemerkt, dass wir ihrer Gemeinschaft nicht angehörten, und nun waren sie umgehend in glühendem Missionierungseifer entflammt. Nachdem wir uns eine Weile mit ihnen unterhalten hatten, konnten wir uns jedoch losreißen und weiterhin den Ort erkunden. Allerdings nahmen wir dann doch lieber Abstand davon, uns noch weiter in dem schönen Park zu ergehen.

Später fanden wir in der Mitte des Ortes ein kleines, aber sehr ansprechendes Motel mit dem Namen Kokopelli Lodge. Dort bekamen wir auch noch ein gemütliches Quartier, lauschig im Schatten mächtiger Ahornbäume gelegen. Die Inhaberin war eine freundliche junge Dame, mit der wir später ins Gespräch kamen. Schon bald stellten wir dabei fest, dass sie sich sehr nach einem adäquaten männlichen Pendant sehnte, was ja an sich nichts Ungewöhnliches ist. Als sie herausgefunden hatte, dass wir aus Deutschland kamen, fragte sie uns, ob wir denn die Stadt Frankfurt kennen würden. Vor einigen Monaten nämlich hatten zwei junge, männliche Touristen bei ihr gewohnt, von denen sie Einen ganz besonders in ihr liebebedürftiges Herz geschlossen hatte, und der ihr wohl auch seinerseits näher gekommen war. Bei seiner Abreise hatte er ihr versprochen, sich nach der Rückkehr in seine Heimatstadt Frankfurt bei ihr zu melden. Und da uns Frankfurt ja nun auch bekannt sei, so würden wir vielleicht auch den besagten jungen Mann kennen? Leider mussten wir ihr klar machen, dass Frankfurt eine Millionenstadt und daher nicht ganz so übersichtlich sei wie Moab mit seinen nicht ganz 4,000 Einwohnern. So konnten wir ihr zu unserem Bedauern eine kleine Enttäuschung nicht ersparen.

Im weiteren Verlauf unserer Unterhaltungen kamen wir auch auf den Namen ihrer Lodge zu sprechen. Und dabei erfuhren wir eine interessante Geschichte, welche wir dem Leser nicht vorenthalten wollen:

Es war in den alten Zeiten, als die Indianer noch friedlich in ihrem Lande lebten und ungestört ihren Beschäftigungen nachgehen konnten. Da spielte sich die Geschichte ab von jenem Mann, der durch das Land wanderte und einen großen Sack mit Maiskörnern auf dem Rücken trug. Vor allem im abendlichen Zwielicht sah das manchmal so aus, als wandere eine riesengroße Heuschrecke durch die Felder. In den Dörfern lehrte er die Menschen, wie man Mais anbaut. Und am Abend sahen die Leute ihn häufig dahinwandeln, wobei er auf seiner Flöte eigenartig anrührende Melodien spielte.

Einige Monate später begann der Mais grün zu werden, zu wachsen und Blüten hervorzubringen. Schon bald reichte er den jungen Frauen bis an die Schultern, wenn sie nach der Arbeit durch das Feld gingen. Viele dieser jungen Frauen wunderten sich über ein merkwürdiges Rühren in ihrem Leib und über die Zunahme des Taillenumfangs. Die alten Frauen des Stammes lächelten nur wissend und erzählten sich die alten Geschichten von Kokopelli. Der süße Mais aber reifte ungerührt weiter seiner Ernte entgegen.

Als wir, einige Wochen nach unserem Besuch in Moab und nach einer langen Reise durch den Westen des riesigen Landes mit seinen zahlreichen Naturwundern den Heimflug antraten, da befanden sich in unserem Gepäck: Eine Mormonenbibel, die uns freundliche Bewohner des Mormonenstaates Utah geschenkt hatten, die Erinnerung an eine charmante Motelwirtin und anregende Unterhaltungen mit dieser jungen Frau, und ein Reliefbild auf rotem Sandstein mit dem Abbild von Kokopelli, dem Fruchtbarkeitsgeist der Anasazi-Indianer.

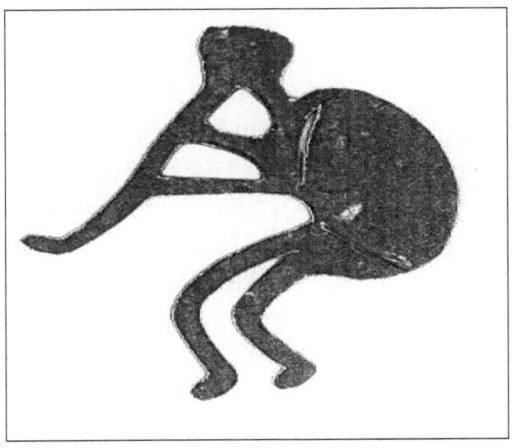

»Outhouses«

Bekanntlich ist im Norden Alaskas der Boden bis kurz unter die Oberfläche das ganze Jahr hindurch fest gefroren. Dieses Permafrost genannte Phänomen bringt auch für die Hygiene gewisse Probleme mit sich. In den weit im Land verstreuten und fern jeder größeren Ansiedlung liegenden Häuser der Farmer, Jäger und sonstigen Bewohner des Landes wurde dieses Problem durch die Anlage sogenannter Outhouses gelöst: In ausreichender Entfernung vom Wohnhaus wird ein Häuschen mit einer möglichst tief ausgehackten Grube errichtet, in der ein ›Honigkübel‹ steht für die Aufnahme – na, Sie wissen schon. Erst in neuerer Zeit wurde das System durch die Erfindung der Chemietoilette zu einem prosaischen Ende geführt.

Die Tradition der Outhouses lebt aber fort. Da die Häuschen nun einmal da waren, hat man das Beste daraus gemacht: Einige von ihnen wurden zu wahren Schmuckstücken herausgeputzt, innen mit Bücherregalen und besonders gemütlichen Sitzgelegenheiten ausgestattet, mit Blumen und Bildern verziert, so dass der Aufenthalt die größtmögliche Bequemlichkeit bot. Es existiert sogar ein Buch mit Bildern der schönsten und der skurrilsten Häuschen, zu welchem ein früherer Gouverneur des Bundesstaates Alaska es sich nicht nehmen ließ, ein Vorwort zu schreiben. Und das alljährliche Outhouse-Rennen mit auf Schlittenkufen gesetzten Häuschen in den Strassen der Hauptstadt Anchorage findet nach wie vor statt.

Natürlich gibt es auch allerlei Geschichten von Erlebnissen, die sich um solche Häuschen ranken, vor allem aus der Zeit, als sie weniger eine Zierde, ja manchmal sogar eine Touristenattraktion darstellten, sondern eine geradezu lebenswichtige Notwendigkeit waren. Da ist die Story von der Frau, die zur Erledigung eines wichtigen Geschäftes zu der Hütte hinüber ging und sich, nichts Böses ahnend, auf dem Sitz niederließ, als sie durch ein zorniges, tiefes Brummen hochgeschreckt wurde. Nun sind ja in Alaska die Bären ständig unterwegs, um nach Essbarem Ausschau zu halten. Und da waren wohl einem Bären so merkwürdig verlockende Düfte in die Nase gestiegen, dass er sich entschloss, der Quelle des Duftes nachzuspüren. Er grub also neben dem sonderbaren kleinen Holzhäuschen den Boden auf und steckte den Kopf in den sich auftuenden Hohlraum. Und just in dem Moment tropfte ihm von oben eine warme Flüssigkeit auf den Kopf, welchen er erschrocken und mit zornigem Gebrumm zurückzog. Die Frau allerdings war wohl noch mehr erschrocken als der Bär und hatte noch nie, wie sie selbst zugab, die Hütte mit solcher Eile verlassen wie an diesem Tag.

Und dann ist da noch die kleine Siedlung Tenakee, so eingezwängt zwischen dem Seeufer und Felsabhängen, dass es nur eine einzige Strasse gibt und viele Gebäude auf Stelzen über dem Strand errichtet werden mussten. Nach dem Motto »das Meer gibt, und das Meer nimmt auch wieder fort« bauten die Einwohner auch ihre Outhouses auf diese Weise. Daher die Warnung, bei Strandspaziergängen während Niedrigwassers sehr vorsichtig zu sein! Trotz des Vorhandenseins moderner Toiletten werden übrigens auch heute noch die Stelzenhäuschen sehr gern benutzt: Wegen des wunderschönen Blicks auf Meer und Berge, besonders bei Sonnenuntergang.

Sturmfahrt

Der Lake Superior ist der grösste der nordamerikanischen Seen. Um ihn zu umfahren, muss man etwa 750 km auf der kanadischen Seite und 1200 km auf der USamerikanischen Seite zurücklegen. Bei stürmischem Wetter kann es auf dem Wasser des Sees sehr unangenehm werden, und es sind bereits einige durchaus seetüchtige Schiffe dem Seegang zum Opfer gefallen. Im Nordwesten des Sees befindet sich die Isle Royale, deren gesamte Fläche von 544 qkm (etwa die Grösse des Bodensees) zum Nationalpark erklärt wurde. Es gibt 267 km Wanderwege, und man findet neben vielen anderen Tieren eine grosse Anzahl von Elchen, Wölfen und Bibern.

Von Grand Portage in Minnesota fährt das hochseetüchtige Touristenboot ›Wenonah‹ in drei Stunden nach Windigo, einem Ranger-Stützpunkt auf der Insel. Das Wetter ist frisch, und es geht ein leichter Wind. Unterwegs sieht man Vogelkolonien am einsamen Ufer, einen Wasserpflanzen abweidenden Elch, der hin und wieder seinen Kopf aus dem Wasser streckt, und im alten Hafen von Windigo das unter Wasser liegende Wrack des Frachtschiffes ›America‹, welches 1928 unterging, eines der zehn großen Wracks in den Gewässern um die Insel. Dann zerstreuen sich die Touristen und erwandern einen kleinen Teil der Insel auf den markierten Pfaden durch die Wildnis. Schon nach einer kurzen Wegstrecke hat der Urwald sie verschluckt.

Am späten Nachmittag geht es zurück. Als das Boot den Hafen verlässt, merkt man, dass der Wind erheblich aufgefrischt hat und langsam zum Sturm wird. Je weiter es auf den See hinaus geht, desto stärker beginnt es zu stürmen. Hinter dem Boot hat sich eine Segeljacht, die beängstigend schwankt, in den Schutz des Kielwassers begeben. Die ersten Touristen verschwinden fluchtartig in den schon bald überbelegten Toiletten. Gischt sprüht vom Bug über das ganze Boot hinweg. Da der kleine überdachte Raum nicht für alle Passagiere

Platz bietet, gilt es, vor allem das Gepäck möglichst wassergeschützt zu verstauen. Alle sind erleichtert und glücklich, als die Küste und der kleine Hafen von Grand Portage in Sicht kommen. Auch die Yacht kann nun zu ihrem Liegeplatz abdrehen. Als dann endlich die Passagiere an Land gehen, tun sie das zum Teil mit blassen Gesichtern und auf wackligen Beinen.

In Grand Portage gibt es auch noch eine interessante Einrichtung des National Park Service: Der alte Handelsplatz der Pelzjäger und -händler wurde originalgetreu wieder aufgebaut. Hinter Palisaden liegen neben dem Kanu-Anlegeplatz Vorrats- und Lagerhäuser, in denen als Anschauungsmaterial echte Felle aller Art von Rangern in traditioneller Waldläuferkleidung vorgezeigt und erläutert werden. Wer nach der Sturmfahrt nun noch einen Indianer-Überfall erwartet hat, wird allerdings enttäuscht. Wie schon zu Zeiten der Pelzjäger sind die Indianer hier friedlich und gastfreundlich, wovon man sich in der nahen Naniboujou Lodge überzeugen kann.

Hallelujah

Mittelalterliche Kathedralen erfüllen uns immer wieder mit Bewunderung und Ehrfurcht. Wir bewundern die künstlerische und handwerkliche Leistung, und wir bedenken ehrfürchtig die unerschütterliche Gläubigkeit, mit welcher ganze Generationen an diesen Bauten gearbeitet haben, ehe sie in einer so vollendeten Schönheit vor uns stehen konnten. Und immer wieder hört man in diesem Zusammenhang die Äusserung, dass solches heutzutage nicht mehr möglich sei. Das aber ist so nicht richtig. Auch heute finden sich noch solche Beispiele. Man denke da nur an die Kathedrale Sagrada Familia in Barcelona. Und das ist nicht das einzige Beispiel dieser Art.

Es war im Jahr 1989, als die beiden deutschen Touristen sich in New York aufhielten. Wie es ihre Gewohnheit war, durchstreiften sie die Stadt, um einen Gesamteindruck zu gewinnen. Dabei besuchten sie nicht nur die zahlreichen Sehenswürdigkeiten, sondern sie fuhren auch in abgelegene Stadtteile und wanderten dort durch die manchmal schon recht tristen Strassen und nahmen dort mit den Bewohnern Kontakt auf. So kamen sie nördlich des Central Parks in einen Bereich zwischen der 110. und der 116. Strasse, wo sich eine baumbestandene leichte Anhöhe befand. Sie glaubten ihren Augen nicht trauen zu können, als sie hier eine mittelalterlich anmutende Kathedrale erblickten, die allerdings noch einen etwas unfertigen Eindruck machte. Der Bau hätte in einer französischen Stadt stehen und hunderte von Jahren alt sein können, nur war er viel gewaltiger als alle ihnen bekannten französischen Kathedralen. Die Beiden stiegen die breiten Treppen hinauf und liessen es sich nicht nehmen, eine eingehende Besichtigung des Gotteshauses vorzunehmen.

Schon zu Beginn des 19. Jahrhunderts hatten katholische Kreise in New York den Plan gefasst, eine der Metropole angemessene Kathedrale zu errichten. Aber erst 1872 erging der einstimmige Beschluss, mit dem Bau zu beginnen. Viele Jahre vergingen mit der Planung. 1892 war es dann endlich so weit: Am Namenstag des heiligen Johannes, nach dem die Kirche benannt werden sollte, also am 27. Dezember, wurde in einer feierlichen Zeremonie der Grundstein gelegt. 17 Jahre darauf war der Bau soweit gediehen, dass in der Krypta die ersten Gottesdienste abgehalten werden konnten. Und im Jahr 1911 war der Hauptbau soweit fortgeschritten, dass die Gottesdienste in den Chorraum verlegt wurden. Bis zum Jahr 1941 dauerte es noch, dann konnte die Vierung fertiggestellt werden, und somit wurden Apsis, Chor und Hauptraum zu einem einheitlichen Ganzen verbunden. Dann aber wurde das Land in den Weltkrieg hineingezogen, und die Bautätigkeit fand vorerst ein Ende.

37 Jahre lang ruhte nun die Arbeit an dem gewaltigen Vorhaben. Erst im Jahre 1978 wurde feierlich die nächste Phase des Baus eingeleitet. Inzwischen ist die gesamte Westfront komplett. Es fehlen lediglich noch die Türme, deren Basis allein schon sehr eindrucksvoll wirkt. Hinter der Apsis mit dem Hochaltar sind sieben Kapellen angebaut. Jede ist einem Heiligen gewidmet, der eine besondere Beziehung zu einer der Hauptgruppen von Einwanderern hat, aus denen sich die Bevölkerung der USA zusammensetzt. Da ist die Kapelle St. Ansgars für die Völker Skandinaviens, St. Bonifacius repräsentiert die Deutschen, St. Columba die Völker keltischen Ursprungs, also Iren, Schotten und Engländer. Die Erlöser-Kapelle steht für die Orthodoxen der Ostkirche, die Slawen und die Afrikaner. St. Martin steht für die Franzosen, St. Ambrosius für die Italiener. Die Inneneinrichtung ist so gut wie vollendet, einschliesslich einer eindrucksvollen Orgel. Für die breite Treppe zu den Hauptportalen hatte man noch eine besondere Dekoration gefunden: Ein New Yorker Bahnhof, die Pennsylvania Station, war abgerissen worden. Die dreiarmigen Kandelaber, welche seine Frontseite geschmückt hatten und die noch aus dem 19. Jahr-

hundert stammten, zieren nun die Treppen zum Haupteingang und fügen sich harmonisch in das Gesamtbild ein. Im Garten entstand ein Aussenaltar für sommerliche Andachten im Freien. Die Kathedrale Saint John The Divine ist nun der zweitgrösste Sakralbau der Christenheit, um ein Erkleckliches grösser als zum Beispiel der Kölner Dom. Nur der Petersdom in Rom ist grösser. Die Bautätigkeit allerdings ist noch lange nicht am Ende. Somit sind auch hier Generationen von Gläubigen gefordert, das fromme Werk zu vollenden.

Die beiden Touristen betraten beeindruckt den riesigen Andachtsraum der Kathedrale, die keinen Vergleich mit anderen kirchlichen Bauten zu scheuen brauchte, welche sie auf ihren Reisen besucht hatten. Sie bewunderten die kunstvolle Einrichtung, die viele von frommen Bürgern gestiftete Kunstwerke enthielt, so zum Beispiel Wandteppiche und Gemälde mittelalterlicher Herkunft. Aber auch Neues gab es zu sehen, so die herrlich gearbeitete Kanzel aus amerikanischem Marmor aus Tennessee oder das ebenfalls ganz aus weissem Marmor geformte Taufbecken. Und dann ertönte plötzlich die gewaltige Orgel. Brausend erfüllte ihr Klang den Raum, in dem eine Gruppe von Besuchern sich zur Andacht auf einigen der Bänke niedergelassen hatte. Als die Deutschen sich nach einiger Zeit zum Gehen wandten, fiel ihnen eine farbige Amerikanerin auf, die sich mitten im Eingangsbereich postiert hatte. Sie bewegte sich rhythmisch zu den Orgeltönen und stand mit erhobenen Händen wie in Trance da, offensichtlich alles um sich herum vergessend. Mit dieser Erinnerung und einer informativen Schrift über das Bauwerk und seine Geschichte kehrten sie in ihr Hotel zurück.

II

Somalia

Es war in Somalia, am »Horn von Afrika«. In Bala ad, etwa 40 km landeinwärts von der Hauptstadt Mogadishu und am Ufer des Shebeli, eines der beiden einzigen natürlichen Wasserläufe des ausgedehnten Landes, wurde mit Hilfe europäischer Experten eine Textilfabrik eingerichtet. Für die Europäer war auf dem Fabrikgelände ein Wohnbereich mit hübschen Häusern und einem Gemeinschaftshaus geschaffen worden. Der gesamte Komplex war von einer Mauer umgeben und nur durch ein bewachtes Tor zugänglich.

Wie so oft bestand das Leben der Europäer in ihrer Freizeit vorwiegend aus langen abendlichen Unterhaltungen, gemeinschaftlichem Essen, feuchtfröhlichen Gelagen und gelegentlichen Besuchen in der Hauptstadt. Lediglich drei von ihnen, darunter der deutsche Verwaltungsexperte, interessierten sich ausgiebig für Land und Leute, machten Ausflüge in die nähere und weitere Umgebung und pflegten Kontakte mit den Einheimischen. An einem Spätnachmittag wanderte jener Experte wieder einmal ein Stück in die Buschlandschaft vor dem Fabrikgelände hinaus. In einiger Entfernung erblickte er einen Somali-Nomaden mit einer kleinen Herde von Dromedaren, die in einer Reihe durch die Steppe dahinzogen. Er wollte dieses landestypische Bild gern auf einem Foto festhalten, ging daher auf die Gruppe zu und machte durch Handzeichen und Hinweisen auf seine Kamera klar, was er beabsichtigte. Der Somali gab Zustimmung zu erkennen, woraufhin der Deutsche ein paar Fotos machte, dem Somali einige Schillingscheine in die Hand drückte, ihm noch einmal zuwinkte und sich dann auf den Rückweg machte.

Nach kurzer Zeit bemerkte er jedoch, dass der Nomade ihm mit langen Schritten folgte, seinen langen Wanderstab, der gelegentlich auch als primitive Wurflanze diente, fest in der Faust. Vielleicht hatten ihm die Schillinge des Fremden Appetit auf mehr gemacht. Nun wollte aber keiner der Beiden in Laufschritt fallen, denn das hätte ja bedeutet, dass der Eine seine Verfolgungsabsicht, der Andere seine Befürchtungen deutlich zum Ausdruck gebracht hätte.

Erst als es sich deutlich abzeichnete, dass der Europäer das Tor als Erster erreichen würde, gab der Somali auf. Er wandte sich lässig ab und schlenderte im weiten Bogen zu seinen Dromedaren zurück.

Ungarn

Im April 1989 unternahmen wir eine Rundreise durch Ungarn und machten Station in einigen der schönen Schlösser des Landes. Wir fuhren an der Donau entlang zum Nordende des Neusiedler Sees. Erste Station war Tatabania bei der Stadt Tata, wo altrömische Ruinen an die Zeit erinnern, als die Römer Pannonien ihrem Weltreich einverleibten. Dann Eger, ein Zentrum des Weinbaus, und Szilvasvarad im Bükk-Gebirge, Pferdefreunden bekannt durch internationale Turniere und das weltgrösste Lippizanergestüt. Einige Tage verbrachten wir in Lillafüred und genossen das herrliche Schloss, das romantische Dorf und die wunderschöne Umgebung.

In Mihalyi mussten wir uns am mächtigen Tor des wehrhaften Schlosses lautstark bemerkbar machen, ehe Großvater Horvat vorsichtig öffnete, uns als die angemeldeten Gäste erkannte und einließ. Im Schloss, sonst nur für gelegentliche Seminare genutzt, waren wir die einzigen Gäste. Nach langer Fahrt wollten wir uns in dem komfortablen Zimmer hinter meterdicken Schlossmauern so recht ausruhen. Meine Frau nahm erst einmal ein warmes Bad. Als sie splitternackt aus dem Bad kam und frische Kleider aus dem Schrank holen wollte, klopfte es an der Tür. Sie konnte gerade noch in den Schrank schlüpfen, da standen schon zwei kleine Mädchen in der Tür. Sie hatten Papier und Stift dabei und wollten von den sicherlich prominenten Gästen Autogramme haben! Also erhielt jede eine schwungvolle Unterschrift von mir, aber sie blieben beharrlich stehen: »Und Madam??« Die sei im Bad, versicherte ich ihnen. Zweifelnde Blicke zur offenen Badezimmertür stellten meiner Glaubwürdigkeit ein schlechtes Zeugnis aus. Sie waren aber damit zu vertrösten, dass ich »Madam's« Unterschrift zum Abendessen mitzubringen versprach. Abendessen war dann im Dorfkrug, sehr romantisch und ausgezeichnet. Am Morgen, einem Sonntag, sahen wir zwei Kleinwagen abfahren; wie wir später feststellten, zum Transport der Frühstücks-Zutaten. Das Frühstück hätte für ein Dutzend hungrige Wanderer gereicht und wurde auf einer Terrasse über dem Schlossgarten serviert.

Nun hatten wir aber am Vortag versäumt, unsere Pässe ordnungsgemäß für die Polizei zwecks Prüfung und Eintrag abzugeben.

Also ging es in Begleitung der Wirtin zum Polizeiposten im nahegelegenen Städtchen. Nach mehrfachem Klingeln öffnete ein verschlafener Mann in Hemd und Hosenträgern: Der Diensthabende. Die Wirtin erklärte ihm den Sachverhalt, er bekam ein paar Zigaretten und wir unsere Stempel.

Mount Elgon

In Kenia, am Rande des Rift Valley, wurde in der Stadt Eldoret eine Textilfabrik errichtet. Wie üblich, sollten europäische Experten bei Bau und Inbetriebnahme die notwendige Sachkenntnis beitragen. Unter den Experten befand sich auch ein Berater für Führungsaufgaben, der sehr an Land und Leuten interessiert war und daher oft und gern im Lande umherreiste.

So besuchte er einmal einen kleinen Naturpark am Mount Elgon, einem bis 4,321 m ansteigenden Gebirgsmassiv vulkanischen Ursprungs im äußersten Westen des Landes, an der Grenze zu Uganda. Der Park ist berühmt für die dort lebenden, interessant und besonders schön anzusehenden Colobus-Affen. Wegen der Abgelegenheit wird der Park nur wenig besucht.

Am Parkeingang musste man sich bei der Parkverwaltung melden. Dort stieg ein Parkranger zu dem Besucher ins Auto und, so weit es der Zustand des Weges erlaubte, wurde gefahren. Dann stiegen beide Insassen aus und gingen ein Stück vom Fahrzeug fort, wo sie auch schon bald eine Horde der in den Baumwipfeln herumtobenden Affen mit ihren langen weißen Haarbehängen an den Seiten zu Gesicht bekamen. Nachdem sie eine Weile dem Treiben zugesehen hatten, wurde der Ranger plötzlich sichtlich nervös. Der Tourist folgte seinem Blick und sah es auch: Ein alter Wasserbüffel verharrte am Waldesrand und spielte lebhaft mit den Ohren. Nun ist bekannt, dass Wasserbüffel sehr reizbare Tiere sind, und das Spiel ihrer zerfransten Ohren zeigt deutlich ihre zunehmende Nervosität. Außerdem sind Wasserbüffel nicht nur sehr reizbar, sondern auch äußerst aggressiv. Der Ranger und der Tourist zogen sich also ganz langsam und vorsichtig zum Auto zurück. Der Wasserbüffel verfolgte sie glücklicherweise nur mit seinem Blick, bis sie endlich am Fahrzeug anlangten und sich ins Innere desselben zurückzogen. Selbst der erfahrene Ranger atmete erleichtert auf, als es dann wieder auf vier Rädern vom Ort des Geschehens fort ging.

Tanzania

Bei einer Spedition in Daressalam, seiner Zeit Hauptstadt des Staates Tanzania, ging eines Morgens die Nachricht ein, dass am vorherigen Abend einer ihrer Lastwagen bei der Fahrt zu einem entlegenen Dorf im Morast stecken geblieben war. Es wären aber bereits Leute organisiert, die das Fahrzeug aus seiner Lage befreien sollten. Sicherheitshalber entschloss sich der deutsche Berater des Unternehmens, sich selbst um die heikle Angelegenheit zu kümmern. Also machte er sich in seinem Peugeot 504 auf den Weg zum Ort des Geschehens. Vor Ort angelangt, stellte er fest, dass der Weg, eher eine unbefestigte Sandpiste, durch ein Tal führte, wo er dann in einer seichten Furt einen Bach überquerte. Am jenseitigen Hang steckte der Laster fest. Etwa 60 bis 70 Schwarze waren dabei, ihn mit Hilfe langer Seile bergauf zu ziehen und so wieder in Fahrt zu bringen. Der Experte wollte unvorsichtigerweise auch die Furt durchqueren und blieb dabei auch prompt in der Mitte derselben stecken. Ehe einige der Schwarzen herbeigeeilt waren, um das Fahrzeug herauszuschieben, sank dieses so weit ein, dass durch die Türspalten Wasser einzudringen begann. Als der Deutsche die Tür öffnete, um auszusteigen, schwamm gleich ein kleines, grünes Flusskrokodil zu ihm herein. Diese Tiere sind zwar ziemlich ungefährlich, aber man konnte schließlich nicht wissen, ob das dem Tier selbst auch bekannt war! Jedenfalls schien es sich aber in menschlicher Gesellschaft nicht so besonders wohl zu fühlen. Und so verabschiedeten sich beide Beteiligte grußlos von einander und verließen auf entgegengesetzten Wegen einigermaßen hastig das Fahrzeug.

Am Ende wurden sowohl das große als auch das kleine Auto aus ihrer misslichen Lage befreit und konnten unbeschadet ihren jeweiligen Weg fortsetzen. Den Schwarzen hatte die ganze Angelegenheit ungeheuren Spaß gemacht, und sie zogen, jeder um eine Handvoll Schillinge reicher, fröhlich singend zurück in ihr Dorf.

Norwegen

Das Touristenpaar war unterwegs in Skandinavien. Kreuz und quer fuhren sie durch Schweden und Norwegen, an Fjorden entlang, durch tiefe Wälder und über noch schneebedeckte Berge, zu wildromantischen Wasserfällen und an stille Seen. Eben hatten sie noch den Polarkreis überschritten, und nun befanden sie sich auf dem Rückweg nach Süden. Durch schwedische Wälder und Felder fuhren sie gemächlich dahin und genossen die Schönheiten der Natur. Die weitgehend unbelebte Strasse beanspruchte wenig Aufmerksamkeit.

Eine Elchmutter und ihr Kalb waren auf Futtersuche auf den Feldern am Rand des Waldes. Das Kalb, neugierig wie Kälber nun einmal sind, erkundete die Umgebung und fand dabei am jenseitigen Straßenrand einige Gräser, die ihm besonders saftig erschienen. Es machte sich gleich darüber her. Da wurde es durch ein merkwürdiges Geräusch aufmerksam, sah auf und bemerkte auf dem komischen, unfruchtbaren Streifen, der sich durchs Land zog, ein seltsames Gebilde, welches sich schnell näherte. Ein Auto hatte es noch nie gesehen. Vorsichtshalber begab sich das Kalb auf den Weg über die Strasse, um dort bei seiner Mutter Schutz und Sicherheit zu suchen. Aber das Gebilde näherte sich sehr schnell, und in seiner Eile geriet das Tier auf dem glatten Asphalt ins Rutschen und fiel beinahe hin. Den Fahrer erfasste ein gehöriger Schreck, als plötzlich ein Elchkalb unmittelbar vor dem Auto auftauchte. Zum Glück reagierte er sehr schnell und brachte das Fahrzeug mit einer Vollbremsung knapp einen Meter vor dem Tier zum Stehen. Nun auch noch durch das Quietschen der Bremsen zusätzlich erschreckt, sprang das Kalb hoch und rannte mit großen, ungelenken Sprüngen zu seiner Mutter, die durch die Geräusche ebenfalls aufmerksam geworden war. Beruhigend beleckte sie ihr Kind, sah, dass es keinen Schaden genommen hatte und warf dann einen langen, vorwurfsvollen Blick zu dem Auto hinüber. Die Touristen erholten sich langsam von ihrem Schreck, machten schnell noch ein Foto von den Tieren und sich dann erleichtert wieder auf den Weg.

Jasper / Canada

Es war im Herbst in Canada. Wir kamen zurück von unserer Fahrt auf dem Alaska Highway und verbrachten noch eine Woche im Jasper National Park. In der Nähe des Ortes Jasper befindet sich Whistlers Mountain, auf den eine Seilbahn bis fast zum über 2,500 Meter hohen Gipfel führt. Am frühen Morgen fuhren wir durch den tiefen Wald in Richtung Talstation. Da tauchte plötzlich neben uns aus dem Wald ein ausgewachsener Schwarzbär auf. Wir fuhren langsamer, und der Bär begleitete uns mit gleich bleibender Geschwindigkeit. Fast hatte es den Anschein, als wolle er von uns mitgenommen werden. An der Talstation angekommen, sahen wir, dass dort ein etwa 3 Meter hohes Abbild eines Schwarzbären aufgestellt war. Ob »unser« Bär ihm wohl einen Besuch abstatten wollte? Aber als wir uns nach ihm umsahen, verschwand er im Zuckeltrab im Wald. Also mussten wir doch wohl allein auf den Berg fahren.

Whistlers Mountain hat seinen Namen übrigens von den dort sehr zahlreich vorkommenden Murmeltieren. Bei der ersten Besteigung des Berges hatten sich die Leute über das Pfeifen (»whistling«) gewundert, welches sie aus allen Richtungen hörten. Erst später entdeckten sie die Verursacher dieser rätselhaften Geräusche, nämlich eben die Murmeltiere.

Von der Endstation der Seilbahn war die Kuppe des Berges in kurzer Zeit zu erreichen, und von hier aus eröffnete sich der Blick auf ein wahrhaft grandioses Panorama: Sechs verschiedene Bergketten der schneebedeckten Rocky Mountains, unwahrscheinlich blaue Gletscherseen, der mächtige Athabaska River und der Miette River, und im Tal, eingebettet in schier endlose Wälder, der Ort Jasper.

Mit diesem unvergesslichen Erlebnis ging es dann zurück in unseren Ferienbungalow am Ufer eben des Athabaska River, wo morgens regelmäßig die majestätischen Wapiti – Hirsche zwischen den Bungalows grasten.

Maasai Mara

Kenia ist ein wunderschönes Land. Es besitzt eine atemberaubende natürliche Schönheit und immensen Wildreichtum. Mehrere große Naturschutzgebiete laden zum Besuch ein. Eines der interessantesten ist der Maasai Mara Park, welcher noch zudem recht verkehrsgünstig gelegen ist. Er liegt an der Grenze zu Tanzania, wo die Serengeti sozusagen seine natürliche Fortsetzung bildet. Fast alle Vertreter der ostafrikanischen Fauna sind in diesem Park zu beobachten. Auf seinen Fahrten hatte der deutsche Berater den Park schon mehrfach auf der Hauptdurchfahrtstrasse durchquert. Da er gerade einmal ein paar Tage Zeit für sich hatte, entschloss er sich zu einer Park-Safari. Der Aufenthalt stellte dann auch ein einmaliges Erlebnis dar. Vom Löwenrudel über Elefanten und Nilpferde bis zu riesigen Antilopenherden und Affenhorden konnte er die Tierwelt in ihrer natürlichen Umgebung erleben.

Als die Tage seines Aufenthalts im Park zu Ende gingen, wollte er den Park über den wenig benutzten Nordwest-Zugang verlassen. Der Weg führte als schmale Sandpiste zwischen steilen, grasbewachsenen Abhängen hindurch. Und da tauchte plötzlich ein nicht zu umfahrendes Hindernis auf: Mitten auf dem Weg lag ein ausgewachsener Leopard. Also galt es erst einmal anzuhalten. Das Tier hob nur etwas gelangweilt seinen majestätischen Kopf, betrachtete begutachtend das Auto und legte sich dann wieder bequem zurecht. Der laufende Motor des Fahrzeuges störte den Leoparden ganz offensichtlich überhaupt nicht. Geschlagene 20 Minuten lang hatte der Tourist Zeit, das schöne Tier ausgiebig zu bewundern, ohne dass dieses ihn noch einer weiteren Beachtung wert befand. Endlich, wurde aber auch dem Leoparden die Zeit wohl etwas zu lang. Vielleicht hatte er ja auch etwas Besseres vor. Jedenfalls erhob er sich betont langsam, streckte sich noch einmal gemächlich und entfernte sich dann mit wahrhaft königlicher Grazie.

So wurde auch für den Touristen der Weg frei zu neuen Erlebnissen. Nachzutragen wäre noch, dass die Begegnung wirklich Seltenheitswert hatte, da sich ostafrikanische Leoparden fast ausschließlich zur Ruhe auf Bäume zurückziehen.

Moskau + Paris

Es war noch zu der Zeit der alten UdSSR. Die deutsche Reisegruppe hatte nach einer Rundreise durch teils weit entlegene Gebiete des riesigen Landes Moskau erreicht, sozusagen den »Schlussakkord«.

Larissa, die INTURIST – Begleiterin der Gruppe, und eine lizensierte Kreml-Führerin führten durch die weitläufigen Anlagen der Moskauer Stadtburg. Beide sprachen übrigens ausgezeichnet Deutsch. Da es ein regnerischer Tag war, hatten sie für eine ausreichende Anzahl von Regenschirmen Sorge getragen. Soeben war die Gruppe in der Mariä-Verkündigungs-Kathedrale und bewunderte den goldenen Krönungsstuhl der Zaren, als sich ihnen ein Ehepaar näherte und den Erklärungen der Führerinnen aufmerksam lauschte. Wie sich später herausstellte, kamen sie aus Ostberlin, der damaligen »Hauptstadt der DDR«. Nun hat ja jede Gruppe ihren Nörgler und Neidhammel. So auch diese Touristengruppe. Der Griesgram bemerkte die Beiden und sofort raunzte er sie an: »Machen Sie, dass Sie fortkommen, Sie gehören nicht zu unserer Gruppe!« Aber da hatte er sich diesmal verrechnet. Einer der anderen Touristen baute sich zwischen ihm und dem Paar auf und sagte ruhig, aber laut und deutlich: »Kommen Sie, schließen Sie sich uns einfach an und lassen Sie sich von dem Gebrumm nicht stören.« Während der weiteren Besichtigungen gerieten die Ostdeutschen und der westdeutsche Tourist sowie seine Begleiterin noch ins Gespräch und tauschten auch ihre Adressen aus.

Aus der flüchtigen Bekanntschaft entwickelte sich eine lockere Brieffreundschaft, welche es später auch den Westdeutschen einmal ermöglichte, mit einem Besuchervisum nach Ostberlin und quer durch die schönsten Touristengebiete der DDR zu reisen. Natürlich genossen es auch die Ostberliner, mit dem komfortablen »Westauto« in ihrem Land herumzureisen. Der Ehemann des ostdeutschen Paares war übrigens ein außerordentlich unternehmungslustiger Mensch. Noch im Jahr

1988 besuchte er mit einem Dreitagevisum Verwandte in Hamburg.
Mit Hilfe des schon früher dort deponierten BRD-Reisepasses und
unter Verwendung des »Begrüßungsgeldes« von 100 DM fuhr er als
Beifahrer mit einer Busreise-Gesellschaft nach Paris. Sein gesamtes
Reisegepäck war in einer prall gefüllten, alten Aktentasche verstaut.
Auch seine wenigen Übernachtungs-Utensilien waren dabei. Die 100
DM reichten allerdings gerade einmal für Essen und Eintrittsgelder.
So blieb ihm für die Übernachtung nur ein Platz auf Parkbänken oder
unter den Brücken von Paris. Bei der Auffahrt zum Eiffelturm haftete
der Blick des Fahrstuhlführers misstrauisch auf der Tasche: War darin
vielleicht eine Bombe versteckt? Aber glücklicherweise machte unser
Mann wohl nicht den Eindruck eines Terroristen. Auf der Rückreise
verspätete sich der Bus, und der bedauernswerte DDR-Bürger musste
erkennen, dass er den Anschlusszug zum Interzonenzug nach Berlin
nicht mehr erreichen konnte und somit ein rechtzeitiger Grenzübertritt
vor Mitternacht unmöglich geworden zu sein schien. Die Folgen waren
bei dem strengen Regiment in der DDR unübersehbar. Bei einer Rast
nahe Soltau erinnerte er sich an die westdeutschen Bekannten. Vielleicht wussten diese ja eine Lösung. Also rief er sie mit seinen letzten
Groschen an und schilderte seine Situation. Der Westdeutsche riet
ihm, in der Raststätte auf ihn zu warten. In etwa einer halben Stunde
trafen sie sich dort, fuhren zunächst einmal zum Haus der Westdeutschen und verbrachten dort ein gemütliches Kaffeestündchen. Danach stiegen sie wieder ins Auto und fuhren nach Büchen, der letzten
Station des Interzonenzuges auf westdeutschem Gebiet. Der Berliner
erreichte seinen Zug noch eine Viertelstunde vor Abfahrt und war
glücklich allen Schwierigkeiten entgangen. Die Bekanntschaft besteht
noch heute, und oft kommen in der Lüneburger Heide Postkarten aus
all' den Ländern an, die der Berliner inzwischen ohne große Probleme
bereisen kann.

Von Dar Es Salaam nach Namanga

Es war damals, als das britische Ostafrika in die Selbständigkeit entlassen worden war und sich in Einzelstaaten geteilt hatte. Die drei größten dieser Staaten waren Kenia, Tansania und Uganda. Über die Verteilung der gemeinsamen Einrichtungen, wie Flug-, Bahn- und Schifffahrts-Linien kam es zum Streit, der diese Staaten bis an den Rand kriegerischer Auseinandersetzungen brachte. So kam es auch, dass die Grenze zwischen Kenia und Tansania für jeglichen Verkehr gesperrt wurde. Lediglich die Maasai machten sich gar nichts daraus und wanderten kreuz und quer über die Grenze hinweg, wie sie das immer schon getan hatten. Um mit den kriegerischen Nomaden nicht in Streit zu geraten, ließen die Regierungen beider Staaten sie lieber gewähren.

Nun hatte sich dort eine internationale Spedition niedergelassen, mit der Hauptverwaltung in Nairobi (Kenia) und Niederlassungen in Dar es Salaam (Tansania) und Kampala (Uganda). Die europäischen Experten des Unternehmens hatten es recht schwer, wenn sie von der Hauptverwaltung nach Dar es Salaam reisen wollten. Es gab weder per Strasse noch per Bahn eine offene Verbindung. Auch einen Direktflug zwischen beiden Orten gab es nicht. Man musste schon mit der kenianischen Fluglinie auf die Seychellen-Insel Mahe fliegen, dann von dort mit der Fluglinie Tansanias an den Zielort, eine Strecke, welche mehr als sechsmal so weit war wie die einfache Entfernung. Allerdings hatte dies einen Vorzug: Der jeweilige Experte konnte einen oder mehrere Tage Aufenthalt auf der paradiesischen Insel genießen! Nun war es nach langen Bemühungen gelungen, für einen der Experten eine der seltenen Genehmigungen für Grenzübertritte auf dem Landweg zu erlangen. So fuhr er bei seiner ersten Reise mit dem Auto von Dar es Salaam in Richtung Grenze. Am ersten der zahlreichen Kontrollpunkte, noch weit von der Grenze entfernt, musste er am

Schlagbaum anhalten. Der zuständige Uniformierte bat ihn, noch etwas zu warten. Dann entfernte er sich, kam aber schon bald in Begleitung einer Maasai-Frau zurück. Er bat den Europäer, die Frau zu ihrer Familie in Grenznähe mitzunehmen. So geschah es dann auch. Die Dame war in Stammestracht und hatte Haar und Körper reichlich mit dem bei den Maasai üblichen Schönheitsmittel eingerieben, welches vorwiegend aus Kuhdung besteht. Glücklicherweise hatte sie sich mit dem Rücksitz begnügt, und wegen der Hitze waren ohnehin alle Fenster weit geöffnet.

Nach einer längeren Fahrtstrecke näherte man sich der Grenze. Da sprangen plötzlich aus dem Gebüsch am Straßenrand einige Maasai in ihrer prächtigen Tracht und mit langen Speeren bewaffnet heraus und sperrten die Strasse. Einer von ihnen kam an das Auto, beachtete den Fahrer aber gar nicht und sprach eine Weile mit der Dame. Deren Auskünfte müssen wohl beruhigend und zum Vorteil des Fahrers gewesen sein. Die Dame stieg aus, und die stolzen Krieger gaben die Strasse frei. Schon bald danach war die Grenze bei Namanga erreicht, und die Reise konnte auf kenianischem Gebiet fortgesetzt werden.

Spanien

Sie waren am frühen Morgen in Cordoba gestartet. Auf einer kleinen Nebenstrasse ging es nach Norden, in Richtung Ciudad Real. Dort war um die gleiche Zeit ein Schwerlaster abgefahren, dessen Fahrer die Autobahn nach Süden wegen der hohen Straßengebühr vermeiden und über die kleine Strasse durch die Berge sein Ziel ansteuern wollte, obwohl er diese mit seinem schweren Fahrzeug eigentlich gar nicht benutzen durfte.

Die Touristen genossen die Fahrt auf der einsamen Strasse durch die malerische Gebirgslandschaft der Sierra Morena. Als sie vor einer der vielen Kurven anhielten, um den grandiosen Ausblick zu genießen, sahen sie in der Ferne einen Schwerlaster aus der Gegenrichtung kommen. Sicherheitshalber fuhren sie ihren Volvo ganz an den Straßenrand und stiegen aus, um das entgegen kommende Fahrzeug abzuwarten.

Der Fahrer des Lasters hatte alle Hände voll zu tun, um sein Fahrzeug durch die engen Kurven zu lenken. Als er den Volvo bemerkte, versuchte er noch, daran vorbei zu kommen, rammte ihn dann aber doch und riß dabei die linke Blinkereinheit heraus. Blitzartig überlegte er noch, ob er das Auto nicht gleich ganz von der Strasse schieben sollte; es wäre in die tiefe Schlucht gestürzt, und die Leute hätten später gemeint, ein unvorsichtiger Tourist sei von der Strasse abgekommen. Aber da bemerkte er das neben dem Volvo stehende Paar und vergaß sogleich seinen bösen Gedanken. Während die Frau den Unfall mit ihrem Fotoapparat dokumentierte, trat der Mann an den Laster heran und fragte nach Versicherungs- und Ausweispapieren. Zunächst verhielt der Fernfahrer sich widerspenstig; als aber der Tourist die Absicht äusserte, die Polizei hinzuzuziehen, wurde er plötzlich sehr kooperativ. Nichts wäre ihm unangenehmer gewesen, als der Guardia Civil Rechenschaft bezüglich seiner Anwesenheit auf dieser Strasse geben zu müssen. Er gab alle Papiere heraus und war auch gleich bereit, ein Schuldanerkenntnis zu unterschreiben. Danach setzten beide Parteien ihre Fahrt fort.

Als die Touristen in Ciudad Real ankamen, hielt zufällig an einer Verkehrsampel neben ihrem Auto ein Spanier, der ebenfalls einen Volvo fuhr. Auf das Problem aufmerksam gemacht, sagte er: »Folgen Sie mir einfach zu meiner Werkstatt. Dort wird man Ihnen helfen können.« Dank seiner Vermittlung wurde in dieser Werkstatt der Schaden behelfsmäßig behoben, so dass die Touristen ihren Weg schon kurze Zeit später fortsetzen konnten.

Was blieb, war die Schadensregulierung mit der spanischen Versicherung. Aber das ist eine andere, ziemlich lange Geschichte. Bemerkt sei nur, dass nach fast einem Jahr die Angelegenheit doch noch befriedigend erledigt wurde.

Das Kamel

Der deutsche Direktor eines Betriebes zur Honig-Abfüllung in Jeddah, Saudi Arabien, reiste mit einem seiner Verkaufs-Beauftragten nach Abha und Khamis Mushayt in der im Süden des Landes gelegenen Provinz Asir. Daher sollte nach Meinung vieler Araber der beste Honig der Welt kommen. Dieser war aber nur in beschränkter Menge auf dem Markt verfügbar. Die beiden Reisenden wollten vor Ort die Absatzmöglichkeiten für die eigene Ware prüfen. Ein wenig war es dem Deutschen wohl auch daran gelegen, mehr von Land und Leuten zu sehen und zu erfahren. Was ihm allerdings schon bekannt war: Araber schätzen alle Arten von Süssigkeiten besonders, zumal Allah offenbar gegen diese Art von Genuss nichts einzuwenden hat.

Die Reise führte durch das wilde, bis über 3,000 Meter ansteigende Küstengebirge des Tihamat. Westlich des sich fast 1,000 Kilometer lang erstreckenden Gebirgszuges liegt die Wasserfläche des Roten Meeres, im Osten hingegen dehnt sich endlos ein Meer von Sand. Die Rub'Al Khali ist eine trostlose, extreme Wüste und die grösste zusammenhängende Sandfläche der Erde.

Bedingt durch die Höhenlage und den ständig wehenden leichten Wind war das Klima in den Bergen recht erträglich. Nach langer Fahrt auf der sehr gut ausgebauten Strasse kamen die Reisenden endlich in der Stadt Abha an. Dort trafen sie mit einem ortsansässigen arabischen Kaufmann zusammen. Dieser war eine wahrhaft imposante Erscheinung in seiner langen, weissen Djellabah mit dem schneeweissen Kopftuch und einem äusserst gepflegten langen Bart. Bei den Bürgern Abha's genoss der wohlhabende Kaufmann einen besonderen Ruf als weiser Mann. In ausführlichen, interessanten Gesprächen stellten die Besucher schon sehr bald fest, dass er diesen Ruf völlig zu Recht besass.

Der geschäftliche Teil der Besprechung verlief erfolgreich. Danach sass man noch lange bei einem guten Mahl und bei allgemeinen und philosophischen Gesprächen beisammen. Bevor man sich von einander verabschiedete, stellte der Direktor dem Weisen noch die eigentlich mehr scherzhaft gemeinte Frage, wieso eigentlich Dromedare immer so hochmütig auf die Menschen herabsehen. Und dies war die Antwort des weisen arabischen Kaufmanns: ›Es steht geschrieben, dass Allah einhundert Namen hat. Wir Menschen kennen neunundneunzig dieser Namen. Das Dromedar aber kennt den hundertsten Namen, und deshalb schaut es so stolz auf uns herab!‹

Glacier National Park

Die beiden Reisenden waren auf dem Rückweg von ihrer langen Fahrt nach Alaska. Sie hatten Kanada verlassen und befanden sich nun wieder auf US-amerikanischem Boden im Bundesstaat Montana. Dort besuchten sie wieder einmal den Glacier Nationalpark mit seinen imposanten, bis 3,000 Meter hohen, von Gletschern bedeckten Bergen. Es war noch früh im Jahr, und der Schnee reichte immer noch bis fast in die Täler hinab.

Nachdem die Touristen sich an den natürlichen Schönheiten der Täler und Seen im östlichen Teil des Parks erfreut hatten, wollten sie am zweiten Tag die ihnen bereits von einem früheren Besuch bekannte ›Going-to-the-Sun Road‹, also die ›Sonnenstrasse‹ nehmen, die über eine Passhöhe zwischen den Gletschern hindurch in den westlichen Parkbereich führt. Doch hier mussten sie gleich am Anfang der Strasse umkehren, denn diese war gesperrt, da sie noch tief verschneit war. Also begnügten sie sich mit einer Wanderung entlang dem Ufer des langgestreckten Lake St. Mary. Nun muss man wissen, dass es in diesem Park recht viele Bären gibt. So begegneten sie bei ihrer Wanderung dann auch anderen Wanderern, welche mit dem üblichen ›Warngerät‹ ausgerüstet waren: Es handelt sich dabei um einen Wanderstock, an dem eine Fahrradklingel befestig ist. Durch fleissiges Betätigen dieser Klingel teilt man möglicherweise in der Nähe befindlichen Bären mit, dass sich Menschen in der Gegend aufhalten. Da Bären im Allgemeinen den Menschen nur gefährlich werden, wenn sie sich bedroht fühlen, genügt das Klingeln in aller Regel, um unangenehme Überraschungen auszuschliessen.

Um in den westlichen Teil des Parks zu gelangen, nahmen die Touristen gezwungenermassen den sehr viel weiteren Weg um die Südgrenze des Parks herum. Am Westeingang ging es wieder hinein, und in der vagen Hoffnung, dass der Schnee vielleicht inzwischen vom grössten Teil der Aussichtsstrasse geräumt sein könnte, nahmen sie hier wieder den Weg nach Osten. Allerdings wies auch an dieser Strasse eine Informationstafel darauf hin, dass die Passhöhe noch gesperrt war. Trotzdem fuhren sie weit hinauf und genossen die imposanten Aussichten. Einige Kilometer vor der Passhöhe war dann aber Schluss. Sie standen vor einer mehrere Meter hohen Schneemauer und sahen, dass die Strasse im weiteren Verlauf unter einer gewaltigen Schneedecke verschwand.

Nachdem sie wieder in's Tal zurückgekehrt waren, fuhren sie noch das romantische Tal zum ›Huckleberry Mountains‹ hinauf, dem Blaubeerberg. Dabei trafen sie auf einen ausgewachsenen Schwarzbären, der ihnen die Strasse nur widerwillig freizugeben schien. Etwas später begegneten sie einer Parkrangerin und sprachen diese auf das ungewöhnliche Verhalten des Tieres an. Die Rangerin wusste bereits von dem Tier und informierte die Beiden, dass der Bär auf einem Zeltplatz von Campern gefüttert worden sei, was streng verboten ist. Der Bär identifizierte nun Menschen mit Futter und wurde zu einer Bedrohung. Er würde daher entweder gefangen und fortgebracht oder, falls dies nicht möglich wäre, abgeschossen werden müssen.

Nach diesem weniger erfreulichen Erlebnis verliessen unsere Reisenden den Park und machten sich auf den Rückweg nach Seattle, von wo aus sie ihre Heimreise antraten.

Islands wundersame Steine

Es war ein wunderschöner, frischer Morgen, und sie sassen vor dem Blockhaus, in dem sie übernachtet hatten und frühstückten. Von ihrem Platz aus hatten sie einen weiten Blick auf einen kleinen See, von dem der Morgendunst aufstieg und damit ankündigte, dass es wieder ein schöner, sonniger Tag werden würde. Durch den Dunst war im Osten eine Bergkette mehr zu ahnen als zu sehen. Dorthin würden sie bei ihrer Inselumrundung heute fahren. Sie beendeten ihr Frühstück und packten ihre Sachen zusammen, um sie in dem gemieteten kleinen ›Jimny‹, einem Geländewagen mit Allradantrieb, zu verstauen. Das Fahrzeug war genau richtig für die isländischen Strassen.

Zunächst ging es zurück zur Hauptstrasse. Nach deren Erreichen führte der Weg bald immer weiter bergauf und brachte sie schon bald auf eine 800 Meter hohe Passhöhe. Von dort aus hatten sie eine überwältigende Aussicht auf den Hvannadalshnukur, den mit 2,119 Metern höchsten Berg der Insel, und unter ihnen leuchtete das herrliche Kobaltblau eines Fjords. Stillschweigend liessen sie das Panorama geraume Zeit auf sich einwirken, gingen dann, immer noch schweigend, zu ihrem Fahrzeug zurück und setzten ihren Weg fort.

Nach etwa einer halben Stunde, inzwischen wieder im Tal angelangt, erreichten sie einen weiteren Höhepunkt ihrer Reise: Den Jökulsarlon, einen Gletschersee, auf dem sie in einem Spezialboot zwischen haushohen Eisbergen herumkreuzten. Weiter ging es zu dem romantischen Fischerdorf Höfn, wo sie in einem kleinen Hafenlokal ihr Mittagessen einnahmen. Am Nachmittag kamen sie bei der Weiterfahrt am Ufer eines romantischen Fjords in einen Ort, in dem sie ein besonderes Erlebnis erwartete.

Petra Sveinsdottir war als junge Frau ganz besonders angetan von den vielen bunten und oft merkwürdig geformten Steinen, wie man sie wohl nur auf Island so zahlreich findet. Oft streifte sie durch die Berge am Fjord und sammelte solche Steine, die schon bald überall in Haus und Garten herumlagen. Ihre Leidenschaft für das Steinesammeln blieb auch bestehen, als sie heiratete, Kinder bekam und sich später auch an einigen Enkelkindern erfreuen konnte. Eine ihrer Töchter kam auf die Idee, aus der Sammlung ein Museum zu machen, und so wurde es auch gemacht. Inzwischen bringen Kinder, Enkel und manchmal auch Nachbarn und Freunde besonders interessante Steine zu Petra Sveinsdottir. Das Museum umfasst einige Räume ihres Hauses und den grossen Garten. In der Laube am Grundstückseingang sitzt eine hübsche junge Frau und kassiert Eintrittsgelder von den Besuchern. Natürlich ist das eine Enkelin von Petra.

Die Reisenden wollten natürlich das weithin berühmte Steinemuseum besuchen. Und ihre Erwartungen wurden auch in keiner Weise enttäuscht. Da gab es Vulkangestein in Farben von glänzendem Schwarz über staubgrau, dunkelrot bis glänzend weiss, ja sogar mit blauem Schimmer. Die Steine waren zum Teil zu Phantasiefiguren zusammengesetzt oder zu Blumenbildern geordnet. Zur Auflockerung gab es einige Plastiken und viele Blumen. Wohl zwei Stunden lang wandelten die Besucher durch diese Wunderwelt, konnten nicht aufhören zu staunen, zu fotografieren und sich gegenseitig auf immer neue Entdeckungen hinzuweisen. Später, auf ihrer weiteren Reise, sprachen sie noch oft von diesem Erlebnis. Wieder zu Hause angekommen, erfreuten sie sich noch einmal an all' den Fotos, obwohl diese nur unvollkommen wiedergeben konnten, was sie dort in Island erlebt und gesehen hatten.

Key West

Bekanntlich sind Inder äusserst geschäftstüchtige Menschen. Den Beweis dafür erhielten wir auf einer unserer USA-Reisen. Wir waren auf der etwa 150 Kilometer langen Strasse über die Florida Keys gen Süden gefahren und nach erlebnisreichen Stunden auf der am weitesten südwestlich gelegenen Insel angekommen, auf Key West. Hier, am Ende der Nationalstrasse 1, welche entlang der Ostküste der Vereinigten Staaten bis nach Maine führt, ganz im Norden und an der Grenze zu Kanada, da befindet sich der über mannshohe Meilenstein mit der grossen ›0‹, mit dem zusammen wir uns von einem freundlichen Amerikaner natürlich auf einem Erinnerungsfoto verewigen lassen mussten.

Key West ist einer der beliebtesten Ausflugsorte der USA. Da wir aber ausserhalb der Feriensaison unterwegs waren, hielt sich der Touristenrummel in Grenzen. Wir konnten in aller Ruhe den Ort durchstreifen, die durch Ernest Hemingway bekannt gewordenen ›Watering Holes‹ der ›Conch Republic‹ besuchen und durch die im Schatten hoher Palmen liegenden Strassen wandeln, dabei die wunderschönen Villen bewundern, von denen viele schon seit mehr als 100 Jahren standen. Im Hafen lag zu dieser Zeit nur noch ein einziges der Kreuzfahrtschiffe, welche sich während der Saison dort drängen. Von hier schweift der Blick hinaus auf den Atlantik, wo fern im Süden als nächstes Land die Insel Kuba zu ahnen ist.

Es war wohl selbstverständlich, dass von diesem Punkt unserer Reise einige Postkarten an Freunde in der Heimat zu verschicken waren. In einem stimmungsvollen kleinen Restaurant direkt am Meer liessen wir uns nieder und widmeten uns in Ruhe dem Schreiben der Karten. Jetzt aber mussten noch Briefmarken besorgt werden. Das erwies sich zunächst als etwas problematisch. Nach erfolgloser Suche betraten wir ein kleines Ladengeschäft, um nach dem Postamt zu fragen. Der Besitzer des Geschäfts, ein Inder, erkundigte sich, was wir denn dort wollten. Die Antwort war einfach: ›Wir möchten Briefmarken kaufen.‹ Darauf meinte der Inder, dazu müssten wir doch nicht zu dem noch ziemlich weit entfernten Postamt gehen. Er habe Briefmarken zur Hand, und er könne doch die Postkarten auch gleich bei nächster Gelegenheit mit verschicken. Dabei holte er unter dem Ladentisch eine kleine Zigarrenkiste hervor, in der sich eine bunte Sammlung von Briefmarken befand. Nun erkannten wir aber gleich, dass viele dieser Marken Spuren aufwiesen, wonach sie mehr oder weniger geschickt von ihrer Unterlage abgelöst worden waren. Wir bedankten uns sehr freundlich für die Hilfsbereitschaft des Inders, sagten ihm jedoch, dass wir von seinem freundlichen Angebot lieber keinen Gebrauch machen wollten. Dann verliessen wir das Geschäft und machten uns erneut auf die Suche nach dem Postamt.

Da ›US Post Offices‹ immer schon von weitem an der vor ihnen wehenden, grossen Flagge mit den ›Stars and Stripes‹ zu erkennen sind, dauerte die Suche auch nicht mehr lange. Problemlos bekamen wir unsere druckfrischen Briefmarken, gaben die Postkarten ab, und unsere Freunde daheim erhielten auch alle prompt und zuverlässig die ihnen zugedachten Grüsse.

Dar Es Salaam

Unser Freund war in Tanzania eingetroffen. Schon bei seinen ersten Erkundungen in Dar Es Salaam stellte er fest, dass sich noch an sehr vielen Stellen Merkmale aus der deutschen Kolonialzeit befanden. Sogar die deutsche Sprache wurde neben der Landessprache Suaheli und natürlich dem Englischen hier und da noch gesprochen. Das örtliche Unternehmen, bei dem er für einige Zeit als Berater tätig sein sollte, hatte ihn in einem kleinen, aber sehr gepflegten Hotel in der ausserhalb des Stadtkerns gelegenen ›Oyster Bay‹, also der Austernbucht, untergebracht, wo sich auch der alte Sultanspalast aus der Zeit der arabischen Herrschaft befand. Dieser Zeit verdankt die Stadt auch ihren Namen ›Hafen des Friedens'. Das Hotel stammte allem Anschein nach wohl noch aus deutscher Zeit und lag unmittelbar am Strand. An diesem wimmelte es allerdings, vor allem an den Abenden und an den Wochenenden, von Indern und Chinesen, welche sich hier zu treffen pflegten und ihre Picknicks veranstalteten.

Wie überall sonst in der Stadt, wehte natürlich auch über dem Hotel die grüne Fahne mit den Buchstaben CCM als Zeichen der herrschenden Staatspartei, der Chama Cha Mapinduzi (Revolutionäre Partei). Schliesslich war es noch die Zeit, in der Julius Nyerere, der Mwalimu (Führer) das Land im Zeichen seiner besonderen Art des Sozialismus regierte. Ansonsten ging es aber zu wie in alten Kolonialzeiten. Das Haus wurde von einem britischen Ehepaar geführt und hatte durchaus europäischen Standard. Einer der Kellner des hauseigenen Restaurants schien auch noch aus alter Zeit übrig geblieben zu sein. Er trug stolz seine Uniform mit weisser Drillichjacke und blanken Messingknöpfen, und er sprach sogar auch ein wenig Deutsch. Zwar war er schon in vorgeschrittenem Alter, aber es war doch nicht möglich, dass er aus der immerhin nunmehr fast 60 Jahre zurückliegenden

Zeit der deutschen Kolonialherrschaft übrig geblieben war, was man nach seiner Erscheinung sehr wohl hätte annehmen können.

Dieser Kellner nun hatte bald unseren Berater ganz besonders in sein Herz geschlossen. Er betreute ihn sehr fürsorglich und empfahl ihm bei den Mahlzeiten immer wieder besondere Spezialitäten, die gerade verfügbar waren. So offerierte er dem Deutschen einmal mit Hummerfleisch gefüllte Avocados, die letzterem auch ganz besonders gut mundeten. Das sagte er dann auch dem Kellner und lobte ihn für seine gute Empfehlung. Die Folgen hatte er allerdings nicht bedacht. Von nun an wurde ihm das gleiche Gericht immer wieder aufgetischt, wenn es verfügbar war. Und das war zwei bis dreimal in der Woche der Fall. Schliesslich gelang es aber doch, mit viel diplomatischem Geschick den guten Clement, so der Name des Kellners, davon zu überzeugen, dass auch andere Delikatessen durchaus willkommen waren.

Im Übrigen gefiel es dem Deutschen recht gut in Tanzania. In seiner freien Zeit streifte er durch Stadt und Hafen und machte auch gelegentliche Ausflüge in die Umgebung, so zu den Usambarabergen, wo es noch deutsche Farmen gab, in den Mikumi Nationalpark mit seinen Elefantenherden oder zu der alten Hafenstadt Bagamoyo im Norden Dar Es Salaams mit den Ruinen aus arabischer Zeit. Die allgemeine Stimmung im Lande veränderte sich allerdings mit der Zeit, da Tanzania sich auf eine militärische Auseinandersetzung mit dem aggressiven Regime des benachbarten Uganda vorbereitete. Aber das ist schon wieder ein anderes Kapitel. Unser Freund brauchte jedenfalls dank der Fürsorge Clements nicht zu darben und brachte seinen Auftrag in Tanzania ohne besondere Probleme zum Abschluss.

Dorfkirchen

Im Fernsehen hatten wir einen kurzen Bericht über Dorfkirchen in Mecklenburg gesehen. Da wir selbst oft und gern kleine Ausflüge in die ländlichen Gegenden dieser schönen deutschen Landschaft unternehmen, planten wir für die nächste Fahrt Besuche der vier in dem Bericht erwähnten Kirchlein ein. Es wurde dann auch wieder ein schöner und erlebnisreicher Tag.

Gleich bei der ersten Dorfkirche waren wir überrascht von der kunstreichen Ausstattung und dem ausgezeichneten Erhaltungszustand der ganz aus Feldsteinen erbauten Kirche. Nach ausführlicher Besichtigung ging es weiter zum nächsten Dorf. Es war nicht leicht zu finden, aber schliesslich kamen wir über eine einsame Landstrasse an das Ufer eines der vielen stillen mecklenburgischen Seen. Die Kirche allerdings konnten wir nur von aussen bewundern, denn trotz allen Suchens fanden wir niemanden, der sie uns aufgeschlossen hätte. Nach einem kurzen Gang über den Dorffriedhof, wie üblich um die Kirche herum angeordnet, fuhren wir weiter. Aber auch die nächste Dorfkirche blieb uns verschlossen. Sie sah allerdings auch schon von aussen nicht besonders einladend aus, so dass wir ohne allzu grosses Bedauern Abschied nahmen.

Nun blieb noch ein Besuch übrig. Diesmal war das Dorf kaum zu erreichen. Die mit Kopfsteinen gepflasterte Strasse war schon schlimm genug, aber im Dorf selbst verdienten die öffentlichen Verbindungswege kaum noch den Namen einer Strasse. Trotzdem fanden wir nach kurzem Suchen einen Weg, der bis nahe an die Kirche heran führte. Dann ging es nur noch zu Fuss weiter. Das Kirchlein jedoch lohnte die Mühe des beschwerlichen Anmarsches. Auch hier handelte es sich um eine Feldsteinkirche, und die Pforte stand weit offen. Gleich nach unserem Eintritt fanden wir die Erklärung: In der Kirche trafen wir auf ein Ehepaar aus den Niederlanden, mit dem wir auch bald ins

Gespräch kamen. Die Beiden reisten mit ihren Fahrrädern durch Ostdeutschland und waren auf dem Weg nach Rostock. Bei dem Kirchlein hatten sie angehalten, weil sie dieses bereits von einem früheren Besuch kannten. Daher wussten sie auch, wie man an den Schlüssel kam. Gemeinsam bewunderten wir die sparsame, aber sehr altertümliche Inneneinrichtung. Interessant waren primitive Wandmalereien, unter denen wir zu unserem Erstaunen eine sehr ähnliche Abbildung fanden, wie wir sie aus einem Besuch in Utah kannten: Der Fruchtbarkeitsgeist der Anasazi-Indianer, Kokopelli. Wir unterhielten uns noch eine Weile mit den Niederländern über die Ähnlichkeiten teilweise weit von einander entfernter Kulte und deren gemeinsame Bedeutung. Dann verliessen wir die Kirche und gingen noch einmal aussen um das Gebäude herum. Als wir schon den Rückweg antreten wollten, ertönte plötzlich aus dem Inneren lauter, melodischer Choralgesang. Erstaunt hielten wir inne und gingen noch einmal hinein. Doch da war nichts weiter als das niederländische Ehepaar, welches sich jedoch auf den Kirchenbänken niedergelassen hatte und den Raum mit den Klängen eines heimischen Chorals füllte. Wir warteten bis zum Ende. Dann kamen die Beiden auf uns zu, und der Mann meinte mit fröhlichem Lachen: ›Ja, immer wenn wir in einer Kirche sind, müssen wir ganz einfach singen!‹ Wir verabschiedeten uns noch einmal von den neuen Bekannten und machten uns dann auf den mühseligen Weg zurück in die ›Zivilisation‹.

Taschkent

Auf ihrer Reise durch die riesige Sowjetunion waren die Touristen in Taschkent angelangt, der Hauptstadt Usbekistans. Sie wurden im grössten und repräsentativsten Hotel der Stadt untergebracht, einem imposanten Hochhaus, welches von den oberen Etagen einen beeindruckenden Blick auf die zu den Füssen liegende Stadt gestattete. Vor einigen Jahren waren grosse Teile Taschkents durch ein Erdbeben zerstört worden. Der Wiederaufbau war in einer gewaltigen, gemeinsamen Anstrengung aller damaligen Sowjetrepubliken erfolgt. Jede dieser Republiken hatte den Aufbau eines der diversen Stadtteile übernommen. So war ein Konglomerat von unterschiedlichen Baustilen entstanden, was der Stadt ein eigenartiges Gesamtbild vermittelte.

Noch am Abend des Ankunftstages wanderten zwei der Touristen durch die Stadt, um sich einen besseren Eindruck aus der Nähe zu verschaffen. Sie bewunderten eindrucksvolle Baudenkmäler, Theater und Pavillons, auch die prunkvollen Eingänge zu den U-Bahnstationen. Dabei gerieten sie an ein eingefriedetes Parkgelände, an dessen Eingang einige Armeeangehörige standen. Nichtsahnend betraten sie den Park und stellten fest, dass dieser zu einem grossen Hospitalkomplex gehörte. Wie sie bald bemerkten, waren die Gebäude zu einem Lazarett für die verwundeten Soldaten umfunktioniert worden, welche in dem seinerzeit von der Sowjetunion in Afghanistan geführten Krieg eingesetzt gewesen waren. Möglichst unauffällig entfernten sie sich wieder aus dem Bereich, um nicht in Konflikt mit eventuellen Wachposten zu geraten. Später führte ihr langer Spaziergang sie in ältere, abgelegene Stadtteile, die zwar sehr pittoresk, aber sehr viel weniger gepflegt als die Neubauviertel waren. Fast hätten sie dabei die Orientierung verloren, trafen dann aber doch noch auf einen Einheimischen, der ihnen nach mehrfacher Nennung des Hotelnamens den richtigen Weg zurück zeigte.

Am folgenden Morgen waren die Beiden wieder früh auf den Beinen, denn sie wollten unbedingt noch die berühmten Markthallen der Stadt besuchen. Als sie aus dem Hotel in den davor liegenden Park traten, fiel ihnen als erstes eine überlebensgrosse Marxbüste auf. Auf deren Sockel war in über einem Dutzend Sprachen der Kernspruch ›Arbeiter aller Länder vereinigt euch‹ eingemeisselt. Gleich darauf bemerkten sie eine der Touristinnen aus ihrer Reisegruppe, die sich im Sonnenschein des frühen Morgens behaglich auf einer Parkbank ausgestreckt hatte, sommerlich leicht bekleidet. Als sie zu ihr hingingen, traf gleichzeitig ein Milizionär ein, der auf seinem Patrouillengang durch den Park die Dame ebenfalls bemerkt hatte. Mit strenger Miene erteilte er ihr einen Verweis und forderte sie mit eindeutigen Gesten auf, sich zu erheben und den gebotenen Anstand zu wahren. Schliesslich war es dort nicht nur unstatthaft, Parkbänke als Bett-Ersatz zu benutzen, sondern Usbekistan ist auch ein streng moslemisches Land, wo es als selbstverständlich gilt, den Körper dezent bedeckt zu halten.

Nach diesem kleinen Zwischenfall kamen die Touristen aber doch noch dazu, die Markthallen zu besuchen, und dieser Besuch war dann ebenfalls ein bemerkenswertes Erlebnis.

III

Elias der Aufklärer

Die Großfamilie hatte sich wieder einmal aus Anlass eines Familienjubiläums getroffen. Von Nah und Fern waren sie angereist, und nun wurden die Beziehungen zwischen den verschiedenen Zweigen der Familie erst einmal wieder aufgefrischt. Nach dem Festmahl dann saßen die Erwachsenen in Gruppen zusammen und tauschten die neuesten Familiengeschichten untereinander aus. Die zahlreiche Kinderschar hatte sich abgesondert und beschäftigte sich mit eigenen Themen. Da erschien, während die Unterhaltung der Erwachsenen so vor sich hin plätscherte, ganz in Eile und voller Eifer der noch im Vorschulalter befindliche Elias. Er hatte eine offenbar sehr wichtige Frage: »Was ist ein Puff?« Die Erwachsenen zögern, überlegen. Dann meint Ellen: »Er meint vielleicht einen Muff.« Darauf Jobst zu Elias: »Du meinst sicher einen Muff, mit M. Mit dem wärmt man sich im Winter die Hände.« Elias geht eilends ab und kehrt zu der Kinderschar zurück.

Die Pause ist nur kurz, dann erscheint Elias erneut. Entschieden erklärt er: »Kein Muff! Ein Puff, mit P. Was ist ein Puff??« Jetzt übernimmt Vater Sven die Aufklärung seines Sprösslings: »Ein Puff, das ist ein Bordell.« Und wieder geht Elias ab zu den übrigen Kindern.

Auch jetzt ist die Pause nur kurz, und die Frage, mit welcher Elias nun an die Erwachsenen herantritt, ist vollkommen logisch: »Was ist ein Bordell?« Sven antwortet ganz souverän: »Das ist ein Freudenhaus.« Und wieder Abgang des Elias mit nunmehr enorm erweitertem Wissen.

Inzwischen ist die Unterhaltung der Erwachsenen unterbrochen, und das Problem beginnt alle irgendwie zu berühren. Aber schon erfolgt der erneute Auftritt des Elias. Seine Frage lautet: »Was ist ein Freudenhaus?« Und jetzt muss Vater Sven Farbe bekennen: »Das ist ein Haus, in dem Frauen wohnen, die von Männern gekauft werden können, damit sie mit ihnen Sex haben.« Da jubelt Elias: »Uuii, cool!" Und nun eilt er im Sauseschritt zurück, um seine Erkenntnis der versammelten Kinderschar zu verkünden.

Nachtrag: Ein Puff ist übrigens ein orientalisches Sitzkissen.

Vogelparadies

Unser wilder Garten ist ein wahres Vogelparadies. Sommer wie Winter versammeln sich die verschiedensten Vogelarten an den Futterstellen und in den Bäumen und Büschen. Unsere Lieblinge, die Meisen, sind in fast allen Spielarten vertreten: Specht-, Kohl-, Tannen-, Sumpf- und Blaumeisen. Speziell für sie gibt es auch ein halbes Dutzend »Einfamilienhäuschen,« also Vogelkästen, die gut verteilt an den Bäumen hängen und die rechtzeitig vor Frühlingsbeginn gereinigt und wieder bezugsfertig gemacht werden. Auch die Finken, vom Dompfaff bis zum Buchfinken, sind zahlreich vertreten. Zweimal im Jahr kommen auch die wunderschönen Bergfinken auf der Durchreise für ein oder zwei Wochen zu uns. Natürlich sind auch Drosseln, Fliegenschnäpper, Kernbeißer, Sperlinge und Zeisige dabei, sowie der »Wippstert,« die Bachstelze. Eichelhäher kommen immer paarweise und Stare sind nur selten da. Der Buntspecht hingegen ist ein regelmäßiger Gast. Er bringt an der Futterstelle seinen Jungen bei, wie man Körner in der Baumrinde einklemmt und sie dann »schnabelgerecht« zerhackt. Der gute Geist des Gartens aber ist das Rotkehlchen. Sicher hat es im Laufe der Jahre schon mehrere Generationen gegeben, aber für uns ist es immer nur »das Rotkehlchen.« Zutraulich sitzt es oft kaum einen Meter nebenan, wenn gepflanzt oder gehackt wird, um sich an den guten Sachen zu erfreuen, die dabei ans Licht kommen.

So haben wir jahrein, jahraus unsere Freude, ja auch unseren Nutzen von der Bande. Im Winter gewöhnen sie sich an die Futterstellen und bauen dann auch gern im Frühling ihre Nester in der attraktiven Umgebung. Für den Nestbau finden sie reichlich Moos vor. In der Zeit der Jungvogelaufzucht wird immer noch zugefüttert, denn durch die vielen hungrigen Schnäbel entsteht leicht ein Futtermangel. Und so werden wir auch von lästigen Insekten befreit, die vor allem von den Meisen in großer Menge vertilgt werden. Im letzten Sommer haben wir kaum eine Mücke bemerkt. Natürlich kommen auch ungebetene Gäste. Aber Krähen und Tauben, sogar schon einmal eine vereinzelte Elster, merken sehr bald, dass hier für sie nicht viel zu holen ist. Manchmal kreist auch ein Falke über dem Gewimmel. Er sieht aber schnell, dass er wegen der Bäume und Büsche keine Möglichkeit hat, mit schnellem Zustoßen Beute zu machen. Etwas frustriert setzt er sich dann schon einmal direkt auf das Futterhäuschen, wobei er alsbald erstaunt feststellt, dass weit und breit kein Singvogel zu sehen ist. Diese sitzen rundum im dichten Gebüsch und warten, bis der Räuber wieder abzieht. Und die Eichhörnchen dürfen gern einmal ein paar Körner naschen. Im Herbst tun sie sich dann an den Haselnüssen gütlich, von denen für uns kaum eine übrig bleibt.

Außer der Vogelschar finden wir noch Igel, Blindschleichen, Frösche und Kröten und mancherlei anderes Getier, aber davon vielleicht später einmal.

Intrigen

Jeder von uns kennt das: Da möchten ein oder mehrere Menschen etwas erreichen, zum Beispiel eine bestimmte Position im Leben oder im Betrieb. Und natürlich steht da meistens jemand im Weg, und das ist der derzeitige Inhaber dieser Position. Also gilt es, Mittel und Wege zu finden, um letzteren erst einmal aus dem Weg zu räumen. Dazu benötigt man oft die Hilfe Anderer, die man für die eigenen Zwecke einspannen kann. So entsteht das, was man gemeinhin eine Intrige nennt. Der nichts ahnende Inhaber der bewussten Position sieht sich plötzlich allen möglichen Anfeindungen gegenüber, muss sich gegen oft unberechtigte Anschuldigungen wehren und verliert, wenn die Intrige erfolgreich ist, schließlich doch seinen schönen Posten. Nicht immer, aber oft, ist dann der Urheber der Intrige der Nutznießer, und er erreicht sein Ziel, die gewünschte Position nun selbst in Besitz nehmen zu können.

Ich wurde mit einer solchen Situation im Anfang meiner beruflichen Karriere konfrontiert, als ich bei meinem damaligen Arbeitgeber, einem Grossbetrieb, Anerkennung für meine Leistung gefunden und die erste Stufe in der betrieblichen Hierarchie erklettert hatte. Eines Tages rief mich ein Bereichsleiter zu sich und machte mir folgenden Vorschlag: Ich sollte in eine Stabsabteilung als Stellvertreter von deren Leiter versetzt werden. Dort sollte ich dann den Abteilungsleiter bespitzeln und versuchen, dessen schwache Seiten herauszufinden. Die Informationen würden dann dazu benutzt werden, ihn aus seiner Stellung zu entfernen. Zum Lohn sollte ich seine Position erhalten. Der Grund aber war, dass jener Abteilungsleiter dem Bereichsleiter im Wege stand. Letzterer brauchte einen ihm treu ergebenen Mann an dessen Stelle, um selbst seinen Aufstieg in die Direktion des Unternehmens zu bewerkstelligen. Mir war der Gedanke, mich an einer solchen Intrige zu beteiligen, ein Greuel, und daher lehnte ich das Angebot ab. Damit war meine Karriere bei dieser Firma natürlich beendet. Konsequenterweise kündigte ich bald darauf. Am Ende erreichte der Bereichsleiter doch noch sein Ziel. Ich aber fand eine bessere Position bei einem anderen Unternehmen. Vielleicht auch eine Art Belohnung für mein Verhalten?

Auch später habe ich es immer so gehalten, dass ich mich von Intrigen jeder Art fern gehalten habe. Ich habe es nie bereut. Mit fortschreitendem Aufstieg in beruflichen Positionen erlebte ich später auch oft genug gegen mich gerichtete Intrigen. Meist habe ich diese aufgedeckt und mir dann gegebenenfalls einen neuen Wirkungskreis gesucht. Und wie das Schicksal so spielt: Die neue Aufgabe war fast immer interessanter und oft auch lukrativer als die vorhergegangene. Zudem hatte ich die Genugtuung, mich nicht mit Intriganten herumplagen zu müssen. Und dabei ist es bis heute geblieben.

Fliegenschnäpper

In dem Frühling kam nach mehreren Jahren wieder einmal ein Fliegenschnäpper in unseren wilden Garten. Sehr früh im Jahr schon war er angekommen. Nach langem, sorgfältigem Suchen hatte er sich für einen der Vogelkästen entschieden, worin er dann auch gleich mit großem Eifer sein Nest zu bauen begann. Als alles fertig war, flog er auf einen exponierten Zweig der Eiche, an der sich das Vogelhaus befand. Von dort aus zeigte er durch häufiges Auffliegen und lautes Rufen an, dass sein Nest nun bereit war, eine Partnerin und später eine kleine Vogelfamilie aufzunehmen. So ging es einige Tage lang, und der kleine Vogel entwickelte eine sich immer mehr verstärkende Hektik. Immer wieder begutachtete er sein schönes Häuschen und flog im ganzen Umkreis herum, rief aufgeregt und konnte es wohl gar nicht begreifen, dass seine Werbeaktionen so gar keine Beachtung fanden. Ob die Weibchen ihn vielleicht nicht schön genug fanden? Zum wohl hundertsten Male fuhr er sich mit dem Schnabel durch das Gefieder, strich die Deckfedern glatt und drehte und wendete sich nach allen Seiten. Aber alle Bemühungen blieben erfolglos, und langsam schien sein Eifer zu erlahmen. Vielleicht gab es ja auch in dieser Gegend keine Weibchen seiner Art?

Es war nach und nach etwas still geworden in seinem Revier. Da entdeckten wir eines schönen Morgens, dass wieder Bewegung um die Eiche herum war. Und als wir genauer hinsahen, entdeckten wir ZWEI Fliegenschnäpper, von denen einer deutlich bescheidener in der Färbung seines Gefieders war. Also war es ein Weibchen! Wir freuten uns für den kleinen Vogel, aber er selbst hat sich ganz offensichtlich noch viel mehr gefreut. Das war ein Auf- und Abfliegen, ein Turteln, wie man es wohl fast nur von frisch verliebten Fliegenschnäppern kennt. Und auch das Vogelhaus mit dem Nest wurde natürlich ausgiebig begutachtet und augenscheinlich für gut befunden. Jetzt warteten

wir nur noch auf die Brutzeit und, hoffentlich, auf viele kleine Vogel-
kinder. Das Nest allerdings werden wir selbst erst im nächsten Februar
bewundern können, wenn turnusmäßig die Vogelnester gründlich
gereinigt werden, damit sie für neue Bewohner bereit stehen.

Holz vor der Tür

Wieder einmal war es Winter geworden. Die beiden Alten saßen am Fenster ihres Häuschens am Wald und schauten hinaus. »Ungemütlich kalt da draussen,« meinte die Frau, die grau in grau daliegende Landschaft betrachtend. Erste Schneeflocken taumelten lustlos herab. Der Mann stand auf: »Ich werde noch ein paar Stücke Holz nachlegen. So haben wir es wenigstens schön warm und gemütlich.« Und beide dachten daran, dass die Adventszeit nun schon fast vorüber war. In ein paar Tagen würde Weihnachten sein. Wie oft hatten sie in den letzten Jahren schon allein ein ruhiges Fest verlebt. Verwandte und manche guten Freunde lebten weit entfernt, und die meisten von ihnen feierten das Fest mit ihren Familien. Man hatte Weihnachtsgrüsse ausgetauscht, einige Geschenkpakete waren hin und her gegangen, aber an den Festtagen war es doch sehr still um die Beiden.

Der Mann ging hinaus, um noch einen Korb Brennholz herein zu holen. Als er zurück kam, sagte die Frau: »Hoffentlich wird morgen das Holz wie versprochen geliefert. Wenn es richtig kalt wird, reicht unser Restvorrat nicht mehr für die Feiertage.« »Was du immer befürchtest,« sagte der Mann, »bisher haben wir immer noch rechtzeitig Holz bekommen.« Aber sicherheitshalber ging er doch ans Telefon und rief den Lieferanten an: »Sie werden doch morgen wie versprochen liefern?« Die Antwort war alles andere als beruhigend: »Ach, ich hätte fast vergessen, es Ihnen mitzuteilen. Wir können leider erst Anfang des neuen Jahres liefern. Wegen des kalten Wetters sind unsere Vorräte schneller als erwartet zur Neige gegangen. Und neue Ware bekommen wir erst in den ersten Januartagen.« Alle Vorhaltungen und Hinweise auf die eigene Notlage halfen nichts; der Lieferant konnte oder wollte nicht liefern.

Die beiden Alten überlegten, was zu tun sei. Zunächst einmal fragten sie bei anderen Bezugsquellen an. Aber zwei oder drei Anrufe blieben erfolglos; so kurzfristig war nichts zu machen. Die Frau hatte noch eine Idee: »Bei dem Kinderdorf hinterm Wald bieten sie doch auch Brennholz zum Verkauf an. Warum rufst du dort nicht einmal an.« »Wenn du meinst; ich kann es ja einmal versuchen.« Nach einigem Klingeln wurde beim Kinderdorf das Telefon abgenommen. Der Gesprächspartner hörte sich die Probleme des Anrufers geduldig an. Dann kam überraschend die erfreuliche Antwort: »Ja, wir könnten noch liefern, aber erst am 23., also einen Tag vor dem Fest. Wäre Ihnen das recht?« »Aber selbstverständlich,« sagte der Alte, »und vielen Dank für Ihre Hilfe. Wenn Sie es allerdings möglich machen könnten, früh am Morgen zu liefern, wäre das sehr schön. Wir müssen nämlich das Holz noch stapeln, damit die Einfahrt zum Haus frei bleibt.« »Das kann ich Ihnen nicht versprechen; aber wir liefern auf jeden Fall zuverlässig am 23.!« Beruhigt und erfreut gingen die Alten an diesem Abend zu Bett. Friedliche und vor allem warme Feiertage schienen gesichert. Am 23. warteten die beiden schon vom frühen Morgen an auf die Holzlieferung. Der Tag schritt langsam fort, aber es geschah nichts. Am späten Vormittag versuchte der Mann, beim Kinderdorf anzurufen, aber am anderen Ende meldete sich niemand. Beunruhigt setzten sich die Alten zum Mittagessen. Es wollte ihnen nicht so recht schmecken. »Wenn das Holz noch kommt, müssen wir es wohl morgen, am Heiligabend, aufstapeln. Dann gehen wir eben früh zu Bett und beginnen erst am ersten Weihnachtstag mit unseren ruhigen Feiertagen,« sagte die Frau etwas resigniert. Etwa eine Stunde später rangierte ein Kleinbus mit einem hoch beladenen Anhänger rückwärts in die Einfahrt zu dem kleinen Haus: Die Holzlieferung! Schnell zogen die beiden Alten Jacken und Handschuhe an, um gleich mit der Arbeit zu beginnen. Als sie aus dem Haus traten, stieg der Fahrer vom Kinderdorf eben aus. Gleichzeitig öffneten sich die anderen Türen des Kleinbus und heraus sprangen fröhlich lachend und schwatzend fünf Halbwüchsige. Ohne sich lange aufzuhalten, begannen sie das Holz abzuladen und bei den restlichen Holzvorräten aufzustapeln.

Der Rest ist schnell erzählt: Die beiden Alten waren fast zu Tränen gerührt. Nach knapp zwei Stunden war das Holz sauber gestapelt. Inzwischen war die Frau ins Haus gegangen und hatte einen Korb mit Weihnachtsgebäck und ein paar kleinen Geschenken für die Jugendlichen hergerichtet. Der Mann drückte jedem von ihnen noch ein paar Euro in die Hand. So waren frohe Feiertage für fünf junge und zwei alte Menschen gesichert. – Und Brennholz – das bezogen die beiden Alten in Zukunft nur noch vom Kinderdorf!

Camillo

Es war irgendwo im ländlichen Polen. Das Gut besass eine Pferdezucht, in welcher Pferde verschiedener Rassen gezüchtet wurden. Es gab auch einige Trakehner, die aus der ostpreussischen Zucht stammten, von welcher einige Tiere bei der Rückführung in den Westen vom Transport getrennt worden und hier geblieben waren. Um den Wert der Pferde aus seiner Zucht zu steigern, hatte der Gutsbesitzer sich hin und wieder wertvoller Hengste aus dem polnischen Staatsgestüt bedient. Nicht immer waren die Papiere für die aus seiner Zucht hervorgegangenen Fohlen so ganz einwandfrei, aber mit guten Beziehungen und Geldgeschenken an die richtigen Leute war in solchen Fällen viel zu erreichen.

So erwartete wieder einmal eine der angeblich reinrassigen Trakehnerstuten ein Fohlen. Vater war, ebenfalls angeblich, ein englischer Vollbluthengst. Als das Fohlen geboren wurde, war der Besitzer begeistert: Es war ein ausnehmend schönes Tier, dessen Farbe ein tiefes Schwarz sein würde, ohne jedes Abzeichen, was an sich schon sehr ungewöhnlich war. Sie nannten das Fohlen Camillo. Und so wurde es auch in den amtlich ausgefertigten Papieren verzeichnet. Da das Tier allerdings von recht zarter Konstitution zu sein schien, und da auch seine Abstammungsnachweise möglicherweise einer genauen Prüfung nicht standhalten würden, beschloss sein Besitzer, Camillo zu kastrieren. Diese Operation überstand das junge Pferd ohne Komplikationen. Nun stand ihm zunächst eine recht unbeschwerte Kindheit bevor. Auf den ausgedehnten Weideflächen des Gutes konnte es nach Herzenslust herumtoben, zusammen mit einigen anderen Fohlen seines Jahrgangs. Auch im Winter blieben die Tiere draussen, was zu ihrer Abhärtung beitrug. So ging es fast zwei Jahre lang. Dann aber trat in recht brutaler Weise der sogenannte Ernst des Lebens an den jungen Camillo heran.

Auf dem Gut war es üblich, dass einmal im Jahr ein Pferdetransport zusammengestellt wurde, der in Richtung Westen fuhr. Sobald der Transport die Grenze zur Bundesrepublik Deutschland überschritten hatte, fuhr man bei einigen deutschen Pferdehändlern vor, denen die Tiere zum Kauf angeboten wurden. War auf dem Weg nach Westen das Rheinland erreicht, dann sah es für alle Tiere, die nicht zu annehmbaren Preisen hatten verkauft werden können, schlecht aus. Nun nämlich ging es weiter nach Belgien zu einem Pferdeschlächter, der die restlichen Tiere als Schlachtvieh übernahm.

Camillo blieb dieses traurige Schicksal erspart, zumindest zunächst einmal. In Niedersachsen schon fand sich ein interessierter Händler, der sich von dem schönen Tier ein gutes Geschäft versprach. Von den Strapazen des Transports einigermassen erholt, wurde es schon bald an Sattel und Zaumzeug gewöhnt, und es wurden ihm einige rudimentäre Dinge beigebracht, damit man ihn als Reitpferd an den Mann bringen konnte. Aber auch der Niedersachse war alles andere als ein Wohltäter. Er wartete nie länger als einige Monate. Konnte er in dieser Zeit ein Pferd nicht gewinnbringend verkaufen, so hatte es ebenfalls den Weg nach Belgien anzutreten.

Es waren bereits fast fünf Monate vergangen, in denen Camillo sich bei dem niedersächsischen Händler sehr wohl fühlte, denn hier war es entschieden besser mit Pflege und Unterkunft bestellt als in Polen. Aber ein Käufer hatte sich immer noch nicht gefunden, so dass der Händler ihn schon auf die Liste für den nächsten Schlachtviehtransport gesetzt hatte. Dann jedoch erschienen eines Tages zwei Männer im Stall und besahen sich aufmerksam die hier stehenden Pferde. Der Ältere von beiden war ein Ostpreusse, der in seiner Heimat viel mit Pferden gearbeitet hatte, unter anderem auch mit Trakehnern. Sein jüngerer Freund war am Erwerb eines Reitpferdes interessiert und hatte den Ostpreussen mitgenommen, damit er ihn hierbei beraten konnte. Nachdem sie alle zum Verkauf stehenden Tiere gesehen hatten, standen sie in einer Ecke des Stalles beisammen und ratschlagten. Beide hatten an Camillo besonderen Gefallen gefunden, aber der für ihn genannte Preis erschien ihnen doch sehr hoch. Dann gelang es ihnen aber, den Händler noch um Einiges herunterzuhandeln, da dieser zu dem Schluss kam, der geringere Preis sei immer noch günstiger als der Schlachtpreis, verringert um die anteiligen Transportkosten. Und so hatte Camillo doch wieder eine neue Heimat gefunden.

Der neue Besitzer brachte ihn in einem gepflegten Gestüt unter, wo er in Gemeinschaft mit vielen anderen Tieren seine saubere Unterbringung und das gute Futter so recht genoss. Aber es gab auch eine ungewohnt harte Arbeit für ihn. Mit der Unterstützung seines ostpreussischen Freundes brachte sein Besitzer ihm alles das bei, was ein gutes Reitpferd können sollte. Schon bald hatte Camillo gelernt, sich in allen Gangarten ordentlich im Dressurviereck zu bewegen. Damit war die Voraussetzung geschaffen, dass er tun konnte, wozu man ihn erworben hatte: Seinen Besitzer auf langen Ritten durch das Gelände zu tragen. Schon nach kurzer Zeit hatte sich ein enges Verhältnis zwischen Ross und Reiter eingestellt. Camillo wurde schon unruhig in seiner Box, wenn er die Stimme seines Reiters hörte. Dieser kam dann auch für gewöhnlich zu ihm in die Box und putzte ihn sorgfältig, was das Pferd mit seligem Schnauben genoss. Sattel und Zaumzeug waren dann ein notwendiges Übel, aber dafür ging es ja nun auch hinaus in Wald und Feld. Nach etwa einer Stunde stieg der Reiter meistens ab und ging für eine kurze Zeit neben dem Tier her, so dass beide zu einer Abwechslung im Bewegungsrhythmus kamen. Ging es einmal durch einen Wasserlauf, so war Camillo anfänglich noch ängstlich, was sich aber mit der Zeit gab.

Der Reiter hatte sich aus einer Marotte heraus vollständig in Schwarz gekleidet und sich somit farblich völlig dem Pferd angeglichen. Das trug den Beiden oft bewundernde Blicke ein. Missverständnisse gab es allerdings auch. So streiften sie einmal etwas verträumt durch den Wald, als eine Rotte Wildschweine plötzlich mit grossem Getöse aus dem Dickicht hervorbrach und unmittelbar vor ihnen den Pfad kreuzte. Camillo war zu Tode erschrocken, sprang abrupt zur Seite und galoppierte wild durch den Wald davon, während der Reiter durch den unvermuteten Satz aus dem Sattel geschleudert wurde und sich auf dem Waldboden wieder fand. Glücklicherweise hatte er sich nicht verletzt, war aber nun allein, denn Camillo hatte sich schnell recht weit entfernt. Was blieb dem Reiter anderes übrig, als den langen Fussmarsch zum Stall anzutreten. Camillo war nach einiger Zeit zur Besinnung gekommen. Was nun? Er trabte in ungefährer Richtung Heimat, bis er auf ihm bekannte Wege kam, und dann ging es heim zum Stall. Als über eine halbe Stunde später der Reiter auch dort eintraf, fand er sein Reittier mit hängenden Zügeln und hängendem Kopf vor der Stalltür stehend, wobei es ihn geradezu schuldbewusst anzuschauen schien. Später dann hatte auch der Reiter seine Lektion gelernt: Man durfte eben nie unaufmerksam sein und ausserdem musste man auch für den Fall, dass man aus dem Sattel zu gleiten drohte, die Zügel fest in der Hand halten. So blieben Reiter und Pferd wenigstens bei einander, um gegebenenfalls auch gemeinsam wieder nach Hause zu finden.

Etwas mehr als zwei Jahre vergingen so. Reiter und Pferd erlebten eine wunderbare gemeinsame Zeit. Camillo wurde erwachsen und noch stattlicher. Er war so recht zufrieden mit seinem Leben. Doch wieder hatte das Schicksal andere Pläne mit ihm. Der Reiter musste beruflich für mehrere Jahre in's Ausland verreisen. Schweren Herzens entschloss er sich zur Trennung von seinem vierbeinigen Gefährten. Nach einigem Suchen fand sich ein Käufer, der dem bisherigen Besitzer gefiel. Camillo schien zu ahnen, dass eine endgültige Trennung bevorstand. Nur nach vielem Sträuben gelang es, ihn in den Pferdeanhänger des Käufers zu führen. Dann aber ging es einem neuen Anfang für ihn entgegen.

Medina

Er hatte an einem Wochenende vor einiger Zeit Mekka, die heilige Stadt des Islam, besucht. Das war nicht ganz ohne Schwierigkeiten abgegangen, aber es war ihm immerhin gelungen, die Wächter an der Einfallstrasse zu überzeugen. Allerdings war er nicht besonders beeindruckt von der Stadt, die fast ausschliesslich auf die Bedürfnisse der Pilger und anderer Besucher der heiligen Stätten ausgerichtet zu sein schien. Nun wollte er aber auch Medina, der anderen heiligen Stätte, einen Besuch abstatten. Als er über seine Absicht mit einem seiner Mitarbeiter sprach, einem ägyptischen Moslem, schlug dieser ihm vor, ihn und seine Gattin auf den Ausflug mitzunehmen. Dem stimmte der Europäer zu. Früh am Morgen machten sie sich von Jeddah aus auf die Reise.

Zunächst ging es über eine gute Strasse durch die Wüste nach Norden. An einigen Stellen hatte der Wind einen dünnen Schleier von Sand über die Strasse gelegt, was aber die Fahrt nicht behinderte. Zur Zeit des Morgengebetes langten die Reisenden in einem kleinen Dorf mit einer alten, primitiven Moschee an. Sie breiteten ihre Gebetsteppiche auf dem Sand aus und nahmen am Gebet teil. Die Ägypterin hatte sich unauffällig entfernt, um ihr Gebet unter den Frauen zu verrichten. Als sie zurück war, konnte die Reise fortgesetzt werden. Nach einer weiteren Stunde Fahrt erreichten sie die Stelle, wo die Strasse nach Medina von der Hauptstrasse abzweigt. Letztere führt weiter nach Yanbu Al-Bahr, einer neuen Hafenstadt, die zur Erschliessung des Nordens Saudi Arabiens errichtet wurde, dann zur Jordanischen Grenze hoch im Norden.

Die Strasse nach Medina ist eine kleinere Landstrasse durch die Berge. Sie führt an einigen kleinen Bauerndörfern vorbei, deren Bewohner in der kargen Landschaft ein sehr einfaches Leben führen. Am späten Vormittag kamen sie in Medina an. Hier gab es keinerlei Kontrollen, denn welcher Fremde sollte schon die Mühe auf sich nehmen, den beschwerliche Weg durch die Wüste zu machen, um die kleine, alte Stadt zu besuchen, die ihre Berühmtheit lediglich der Tatsache verdankte, dass sich hier die Grabstätte des Propheten Mohammed befand.

Ausgiebig bewunderten die Besucher die kostbar ausgestattete Moschee und die darin befindliche Grabstätte des Propheten. Auch für einen Besuch des Sukh, des geschäftigen lokalen Marktes, blieb noch ausreichend Zeit. Natürlich wurden ein paar Andenken gekauft. Der Europäer erwarb eine arabische Kopfbedeckung, die nach den Worten des Ägypters dadurch einen besonderen Wert erhielt, dass sie in Medina hergestellt und erworben worden war. Neben der Moschee war ein grosser Bereich mit Dächern gegen die Sonneneinstrahlung geschützt. Dort fanden die Beter Platz, für welche der Platz in der Moschee selbst bei weitem nicht ausreichte. Es war erstaunlich, wie viele Gläubige sich an diesem ganz normalen Tag zum Mittagsgebet eingefunden hatten, und der Europäer dachte daran, wie leer in seiner Heimat die Kirchen oft selbst an Feiertagen blieben. Die drei Reisenden nahmen am Mittagsgebet teil und genossen diese Momente der inneren Erbauung. Anschliessend besuchten sie ein Restaurant am nahegelegenen Marktplatz und nahmen eine Mahlzeit aus einheimischen Gerichten ein. Nachdem sie noch einmal durch das Städtchen geschlendert waren, ging es auf die Rückfahrt nach Jeddah. Bei Einbruch der Dunkelheit hatten sie die Wüstenstrasse hinter sich gelassen und verloren sich wieder im Getriebe der Millionenstadt mit ihren Hochhäusern und Hotels, dem geschäftigen Hafen und dem riesigen Industriegebiet.

Yahya der Geschichtenerzähler

Die Geschichte begann in einer ostafrikanischen Metropole. Hier war er geachtet wegen seiner umfangreichen Kenntnisse und wegen seines erzählerischen Talents. Seine moslemischen Freunde dort nannten ihn Yahya, nach dem Propheten Johannes, welcher sowohl in der Bibel als auch im Koran verehrungsvolle Erwähnung findet. In grossen Teilen Ostafrikas reiste er umher, half den Menschen mit seinem umfangreichen Wissen und seinen guten Ratschlägen. Vieles erlebte er auf diesen Reisen. Er sammelte immer neue Erfahrungen und bestand nebenher auch mancherlei kleinere und grössere Abenteuer. So verging eine Anzahl von Jahren, ehe er heimkehrte in sein Geburtslandland in Europa. Hier allerdings traf er nicht ausschliesslich auf Anerkennung. Recht häufig erfuhr er auch Neid und Ablehnung. Aber er lernte in seiner Heimat auch eine Frau kennen und lieben, welche von nun an seine treue Gefährtin wurde.

Immer wieder trieb es ihn jedoch in die Welt hinaus. Nicht nur die Länder Europas bereiste er, sondern auch entfernte Länder und Gegenden in Asien und Amerika. Er besuchte die Zentren der Macht und des Geldes in Moskau, New York, Washington oder London, aber auch Zentren des Geistes, der Kultur und der Religion, wie Paris oder Rom, und natürlich Mekka und Medina, die heiligen Stätten des Islam. Immer öfter wurde er auf seinen Reisen begleitet von seiner geliebten Gefährtin. Und er erweiterte sein Wissen und wurde fast überall anerkannt und geschätzt.

Nach vielen Jahren des Umherreisens war er schliesslich alt und grau geworden. Immer beschwerlicher wurde für seine Gefährtin und für ihn das Reisen. Und so beschlossen sie nach langem Überlegen eines Tages, die ihnen noch verbleibenden Jahre in ihrer Heimat in Europa zu verbringen. Zurückgezogen lebten sie dort in ihrem Häuschen in einem kleinen Dorf. Zunächst waren sie Fremde in ihrer neuen Umgebung, aber im Laufe der Jahre fanden sie auch Freunde, von denen sie geachtet und mit Freude aufgenommen wurden, und welche sich auch immer wieder gern die Geschichten anhörten aus dem bunten Leben und der an Erlebnissen so reichen Vergangenheit von Yahya, dem Geschichtenerzähler.

Afrikanisches Märchen

(Nacherzählt)

Als der Allmächtige die Welt erschuf, waren die meisten der erschaffenen Wesen und Dinge froh und glücklich mit ihrem Dasein. Es gab aber auch einige, die waren unzufrieden, und sie murrten und beschwerten sich über dieses und jenes, was ihnen so alles nicht gefiel.

So kam denn eines Tages das Pferd zum Herrn der Schöpfung und klagte: ›Du hast mir ein so sehr dünnes Fell gegeben, so dass es mich manchmal friert, und ganz glatt und unansehnlich ist es. Viel schöner wäre es, wenn mein Fell schön wollig und dicht wäre und hübsch gekräuselt. Dann bräuchte ich in kalten Nächten nicht zu frieren, und viel hübscher anzusehen wäre ich auch. Dazu ist mein Hals auch viel zu kurz, so dass ich nur mit Anstrengung zum Boden hinab komme, wo das schöne, saftige Gras wächst. Und erst meine Beine! Die sind mir zu kurz und so wenig ausdauernd. Ich möchte so gern recht lange Schritte machen und stundenlang rennen können. Auch kann auf meinem glatten Rücken ein Reiter nur sehr unbequem und unsicher sitzen.‹ Der Herr hörte sich die Klagen des Pferdes geduldig an. Dann schuf er ein Tier ganz nach dessen Wünschen: Dickes, zotteliges Fell, einen langen, langen Hals und recht lange Beine, auch einen buckligen Rücken, der einen bequemen Platz zum Sitzen bot. Als das Tier fertig war, stand vor uns: Das Kamel!

Später kam auch noch ein Baum mit seinen Beschwerden zum Herrn. Seine Klage: ›Mein Stamm ist viel zu dünn. Er sollte doch recht dick und kräftig sein und mir ein stattliches Aussehen verleihen.‹ Auch ihm tat der Herr den Gefallen, seine Wünsche zu erfüllen. Der Baum, es war der Baobab, war aber noch immer nicht zufrieden. Schon nach kurzer Zeit stand er wieder vor seinem Schöpfer und klagte: ›Jetzt passt die spärliche Krone gar nicht mehr zu meinem dicken, kräftigen Stamm. Und dann diese spärlichen Blätter! Ich wünsche mir eine schöne, gewaltige Krone und viele bunte Blätter!‹ Da aber wurde der Herr doch sehr ärgerlich ob der Unverschämtheit des Baobab und seiner ständigen Klagen. Mit seiner allmächtigen Hand zog er ihn aus der Erde, hob in hoch und setzte ihn dann mit der Krone nach unten wieder in die Erde, so dass er nun statt seiner Krone die Wurzeln in die Luft streckte. Und so steht der Baobab noch heute da, als Warnung, die Geduld des Allmächtigen nicht übermässig zu strapazieren!

Troldhaugen

Es war an einem trüben Tag, als sie in der Nähe der alten, traditionsreichen Stadt Bergen auf einer Nebenstrasse unterwegs waren. An einem kleinen Parkplatz endete die Strasse. Ein verwittertes Hinweisschild zeigte ihnen den weiteren Weg. Er führte durch eine düstere Allee bergan. Am Wegrand standen alte, knorrige Eichen mit zerfurchter, runzliger Rinde. Leicht konnten die Wanderer den Eindruck gewinnen, dass aus den Baumstämmen die grimmigen Fratzen boshafter Trolle auf sie schauten. Etwas unheimlich war ihnen schon zu Mute.

Dann öffnete sich dem Blick eine Lichtung, in der ein etwas verwilderter, jedoch von leuchtenden Blumenbeeten erfüllter Park sich ihnen darbot. Inmitten des Parks stand eine romantische alte Villa. Der norwegische Komponist Edvard Grieg hatte sich diesen Platz erwählt und ihn Troldhaugen genannt, also Troll-Hügel. Die Villa dient heute als Museum, und es finden in ihr auch gelegentlich Konzerte für einen kleinen, ausgewählten Kreis statt. Von Park und Villa aus hat man einen imposanten Blick auf die helle Wasserfläche des unten liegenden Fjords und auf die sich an dessen Ufer weithin erstreckenden, endlosen Wälder. Sie fanden einen schmalen Weg, der eine Strecke bergab führte, zu einer versteckt gelegenen Hütte. In dieser Hütte pflegte Grieg in der Abgeschiedenheit seine schönsten Kompositionen zu kreieren, mit dem Blick durch eine Waldschneise auf das Fjordufer.

Weiter führte die Besucher ein Weg zu den Uferfelsen, wo ihnen eine in den Fels eingelassene Bronzeplatte einen Hinweis darauf gab, dass Grieg diesen Platz für seine Grabstätte ausgesucht hatte. Schon zu Lebzeiten hatte er gern hier gesessen und auf's Wasser hinaus geschaut.

Als sie den Rückweg antraten, hatte sich das Wetter ein wenig aufgelockert. Die Allee erschien nicht mehr ganz so düster. Sogar der eine oder andere der Trolle schien ihnen verstohlen zuzublinzeln. Vielleicht ist es ja auch so, dass die Trolle gar nicht so bösartig sind, wie ihnen immer wieder nachgesagt wird. Möglicherweise sind sie ja wie Kinder, die auch bei ihren Streichen manchmal etwas zu weit gehen, im Grunde aber doch eher gutmütig sind. Mit solchen positiven Gedanken machten sich unsere Beiden wieder auf den Weg. Nächstes Ziel sollte das nahe Bergen sein, die alte Hafen- und Hansestadt, bei der sich ein Besuch immer wieder lohnt.

IV

Kulturgut Sprache
und die Entwicklung in Deutschland

Sprache ist Kulturgut und Kulturträger zugleich. Wann immer sich in der Vergangenheit Völker und Nationen als Avantgarde der kulturellen Entwicklung profilierten, entwickelten und verbreiterten sich auch die Möglichkeiten sprachlichen Ausdrucks. Die Wechselwirkung zwischen Kultur und Sprache zeigt sich aber auch in dem mit einem Niedergang von Kulturen einhergehenden Verfall der sprachlichen Ausdrucksformen und ihrer Vielfalt.

Unsere deutsche Sprache, einstmals stolz als Sprache der Dichter und Denker charakterisiert, zeigt in zunehmendem Masse Zeichen der Verflachung und des Verfalls. Dass damit auch die kulturelle Basis bröckelt, zeigen Ergebnisse von über viele Jahre hinweg durchgeführten unabhängigen Untersuchungen über den Stand der Allgemeinbildung in den Nationen der Welt: Deutschland belegt regelmäßig einen der hinteren Plätze und rangiert hinter manchen Balkanländern.

Es ist ganz natürlich, dass sich eine Sprache im Laufe der Zeit entwickelt und verändert. Bedenklich ist es aber, wenn die Entwicklung zu einer Verarmung der Sprachvielfalt führt, noch dazu, wenn solche Verarmung mit dem Argument der Vereinfachung kaschiert wird. Zur Verdeutlichung der Situation in Deutschland hier einige Beispiele:

Weil eine zunehmende Zahl von Ungebildeten den geräucherten Hering (= Bücking) nicht von einer devoten Referenz (= Bückling) zu unterscheiden in der Lage zu sein schien, kapitulierten schon vor über dreißig Jahren die Überarbeiter des Duden und erklärten den geräucherten Hering zum Bückling.

Und weil die vielen Begriffe, welche die deutsche Sprache für alle Arten von Katastrophen bereit hält, den Sprachfaulen abhanden gekommen zu sein scheinen und sie nur noch mit dem dazu noch begrifflich falschen Wort »Unglück« operieren, führte dies in logischer Folge dazu, dass der Duden nun auch den Plural = Unglücke anerkennt. Hier zur Verdeutlichung:

Ein Schiffsuntergang, also ein Unglück für die Betroffenen, wird zum Schiffsunglück (das bedauernswerte, unglückliche Schiff?). Flugzeugabstürze werden Flugzeugunglücke, Eisenbahnkatastrophen und andere Unglücksfälle (hic) werden Eisenbahn- und andere Unglücke. – Haben sich jene Sprachvereinfacher eigentlich überlegt, dass, wer Unglücke sagt, logischerweise auch ›Glücke‹ akzeptieren muss?

Das führt uns zur neuesten deutschen Sprach- bzw. Rechtschreibreform. Dem Protest von vielen Professoren, Literaten (inclusive Literatur-Nobelpreisträger Günter Grass), sowie anderen Kultur- und Sprachpflegern zum Trotz wurde diese grobe Verschlimmbesserung unserer schönen Sprache zugelassen. Nachstehend sollen einige der Neuerungen kurz kommentiert werden:

Teeei, Stofffetzen, Sauerstoffflasche

Die alte Regelung ließ 3 aufeinanderfolgende gleiche Buchstaben nur in Ausnahmefällen zu (z.B. Sauerstoffflasche); heute müssen sie immer ausgeschrieben werden. Kabarettist Dieter Hildebrand sagt dazu:« … als hätte jemand bei der Schreibmaschine den Finger nicht rechtzeitig von der Taste bekommen.«

»ß «

Diese nur im Deutschen verwendete Hieroglyphe hätte längst abgeschafft werden können. Stattdessen geht die Reform nur den halben Weg und beschränkt lediglich die Verwendungsmöglichkeiten.

aufwändig (aufwendig) – muss etwas mit Wand zu tun haben?
behände (behende) – welche Hände bitte?

die Erstplatzierten – platzen wohl demnächst?

Föhn – jetzt auch für den Fön, der damit dem Fallwind gleichstellt wird (siehe »Bückling«!).

Gämse (Gemse) – dann doch besser gleich die bayrische Gams!

Glimmstängel – gibt es jetzt nur noch von der Stange?

Kalligrafie, Grafologie – Schreibkunst nicht mehr für Graphiker, sondern nur noch für Blaublütige?

Messner (Mesner) – einer, der etwas messen soll?

Mopp, Stopp, nummerieren – in der Reformkommission muss ein Stotterer gesessen haben, der auch zu seinem Recht kommen wollte. Und wann kommt der Nummerus Clausus?

Und wann werden all' die Stopschilder auf Stotterbremse umgestellt?

potenziell – aber Ziel wohl nur mit einem l, oder was?

Raufaser – von raufen? Mit dem ehemaligen Bundespräsidenten kann das wohl nicht zusammenhängen.

wieder gutmachen – also logisch auch Wieder Gutmachung?

Ganz schlimm spielen die Reformer Wörtern aus fremden Sprachen mit. Sie unterstehen sich, diese in einer Form zu »verdeutschen,« durch die sie geradezu lächerlich gemacht werden:

Buklee (Boucle, oder eine neue Klee-Art?), Schikoree (Chicoree), Fassette (Facette, oder kleines Fass?), Känguru (Känguruh, oder ein ganz besonderer Guru?), Nessessär (Necessaire), Schrimp (Shrimp), Pappmaschee (Pappmache), Portmonnee (Portemonnaie; da hätte man auf den guten alten Geldbeutel umstellen können; oder heißt der in Zukunft Geldbäutel?)

Und um auch Fremdwörter in den Genuss der deutschen Kettenwörter-Manie kommen zu lassen (Donaudampfschifffahrtskapitän):

Es gibt jetzt auch die Nofuturegeneration, den Offlinebetrieb, den Sciencefictionroman, die Standingovations et cetera.

Der Beispiele für blühenden Unsinn gibt es noch viele. Aber in diesem unseren Lande (oder Indula), der Bunzreblik (wie man Politiker oft sagen hört) Deutschland, sind die Sprach- und Kulturverderber zur Zeit wohl nicht zu bremsen. Ob das jemals wieder der Fall sein wird? Jedenfalls trägt unsere Jugend keine Schuld an der Bildungsmisere: Schuldig sind selbsternannte Fachleute und Politiker, die den von diesen verbrochenen Unfug zulassen.

Die Mär vom Maler

Maler erleben in ihrem Beruf allerlei. Unser Maler zum Beispiel bekam einmal einen Auftrag von der Stadtverwaltung. Es hatte nämlich jemand ein Hinweisschild an der Hoopter Brücke umgeworfen. Um den Täter zu ermitteln, sollte der Maler nun ein Plakat anfertigen, auf dem zu lesen stand: »Derjenige, der denjenigen, der den Pfahl, der an der Brücke, die nach Hoopte führt, stand, umgeworfen hat, anzeigt, erhält eine Belohnung.« Er fand den Text etwas merkwürdig, stellte aber nach genauer Prüfung fest, dass alle Regeln der deutschen Grammatik ordentlich befolgt worden waren.

Sein nächster Auftrag kam von einer Bäckerei, wo ein neues Geschäftsschild benötigt wurde. »BÄCKEREI UND KONDITOREI« sollte darauf stehen. Der Maler ging fleißig ans Werk. Zuerst zeichnete er den Text sauber vor, dann fragte er den Geschäftsinhaber, ob es ihm so recht sei. Der meinte: »So ist es schon recht gut. Aber machen sie doch bitte einen etwas größeren Abstand zwischen »BÄCKEREI« und »UND« und »UND« und »KONDITOREI.« Nun, auch dieser Auftrag wurde zur Zufriedenheit abgeschlossen.

Aber jetzt kam ein etwas heikler Auftrag. Eine Dame aus dem ältesten Gewerbe der Welt wollte ein Haus für ihre Damen und deren Kundschaft eröffnen. Über dem Eingang sollte ein in kräftigem Rot gehaltenes Schild prangen mit der Aufschrift »BORDELL.« Gesagt, getan. Aber schon wenige Tage nach Anbringung des Schildes meldete sich die örtliche Gewerbeaufsicht: Eine solche Einrichtung sei nicht erlaubt, und die Werbung mit dem unmissverständlichen Hinweis schon ganz und gar unzumutbar. Das Schild kam weg. Aber die erwähnte Dame und der Maler setzten sich nunmehr zusammen und überlegten, wie das Problem zu lösen sei. Heraus kam ein neues Schild mit völlig harmloser Darstellung: Auf ihm prangte eine knallrote, nostalgische Dampflokomotive, aus deren Schornstein drei zartrosa Dampfwolken quollen:

Dem Vernehmen nach soll es keine Reklamationen mehr gegeben haben.

Der Maler hat später auch noch einen Antrag auf Ergänzung der Rechtschreibreform eingebracht. Danach sollte, wie auch schon in anderen Fällen bei der Reform, kein Unterschied mehr gemacht werden zwischen »malen« und »mahlen«, da das doch ohnehin immer nur verwechselt werde.

Auch könne der Müller dann mit Recht Maler genannt werden, was ja seiner Tätigkeit viel eher entspräche, da er ja schließlich mahle und nicht mülle, auch habe sein Beruf wirklich nichts mit Müll zu tun! Der Antrag soll sich noch im Stadium der Prüfung befinden, und wenn die Sprachkommissare nicht gestorben sind, dann prüfen sie noch heute.

Bürokratie

Es trug sich im Jahre des Heils 1925 zu, im Norden Deutschlands, in Schleswig – Holstein. Die junge Ehefrau war eines gesunden Mädchens entbunden worden. Glücklich begab sich der Vater auf den Weg, dieses Ereignis zu verkünden, wobei so manches Gläschen auf die glückliche Zukunft des Kindes geleert wurde.

Natürlich musste er auch aufs Rathaus, um die Geburt amtlich verbindlich zu machen. Und auch mit dem Standesbeamten, der schon zwei Geburten notiert und begossen hatte, wurde auf das Ereignis angestoßen. Es war nämlich eine kleine Stadt, in der noch jeder jeden kannte und teilnahm am Leben der Mitbürger.

Aber nun ging es an den amtlichen Eintrag: Geschlecht – weiblich, Name: Anna, Familienname, Datum der Geburt, alles wurde in schöner Handschrift dem Register anvertraut (Computer gab es damals nämlich noch nicht). In beschwingter Stimmung und von munteren Reden begleitet wurde die Eintragung mit der Jahreszahl 1924 schwungvoll abgeschlossen.

Nun vergingen viele Jahre. Viel ereignete sich; Krieg zog über das Land hinweg und Frieden kehrte wieder ein. Da geschah es, und zwar in Niedersachsen, dass Anna zum zweiten Male den Bund der Ehe einzugehen trachtete. Und da vor allem niedersächsische Behörden alles sehr genau nehmen, musste neben vielen anderen unbedingt erforderlichen Papieren auch eine Geburtsurkunde herbeigeschafft werden, und zwar ausgestellt vom Geburtsregister des Geburtsortes. Die kam dann auch: Geburtsjahr, wie im Register vermerkt – 1924. Aber die Geburt war doch im Jahre -1925! Alle Papiere, Personalausweis, Reisepass, Versicherungsdokumente et cetera wiesen dies zweifelsfrei aus. Das Standesamt des Geburtsortes durfte aber keine Korrektur vornehmen, wenn auch alle anderen Eintragungen auf der gleichen Seite des gewichtigen Buches die Jahreszahl 1925 trugen. Also musste die glücklicherweise noch lebende Mutter der inzwischen 59jährigen Anna mit ihrer Tochter zur nächsthöheren Dienststelle bei der zuständigen Kreisverwaltung fahren und dort bezeugen, welches nun das wahre Geburtsdatum war.

Dies war der alten Dame um so peinlicher, als das Kind, wäre es im Jahr 1924 geboren worden, unehelich gewesen wäre. Nun, man schenkte erfreulicherweise ihrer Erklärung Glauben, und die notwendige Ermächtigung für eine nachträgliche Änderung des Geburtsregisters wurde ausgefertigt. So erhielten auch die niedersächsischen Behörden endlich eine in jedem Punkt korrekte Geburtsurkunde.

Tatü – Tata

Oder: Wie ich zum Opfer eines ›Rettungsdiensteinsatzes‹ der Hamburger Feuerwehr wurde.

Wir hatten Hamburg immer als eine saubere und schöne Stadt in Erinnerung, in der wir uns gern aufhielten. Nun wollten wir nach einigen Jahren die Stadt wieder einmal besuchen. Aber es war einfach nicht mehr schön. Wo waren nur in der Innenstadt die schönen Strassen mit all' den wunderschönen Geschäften geblieben? Überall waren Schmutz und weiträumige Baustellen. Statt der kleinen Geschäfte gibt es jetzt riesige Einkaufsmaschinen, in denen man sich verlaufen kann. Nein, es gefiel uns gar nicht mehr. Wir gingen noch einmal über den Rathausmarkt, der sich nur wenig verändert hatte, um noch etwas von dem früheren Flair der Stadt zu genießen. Und da ereilte uns das Schicksal.

Ich übersah einen hohen Bordstein, verlor das Gleichgewicht und fiel der Länge nach hin. Das nostalgische Pflaster des Platzes erwies sich als zu rauh für meine Haut, und es gab einige unangenehme Prellungen und Abschürfungen. Am schlimmsten war der Kopf betroffen: Die Brille war hin und über dem linken Auge klaffte ein tiefer Riss. Blut floss und einige Passanten erschraken und alarmierten gleich fürsorglich den Rettungsdienst. Mit Hilfe von Papiertüchern aus einer nahen Imbissbude fingen wir das Blut auf und säuberten notdürftig Gesicht und Hände. Langsam kam ich wieder in eine halbwegs normale Verfassung. Schon dachte ich daran, dem Rettungsdienst zu entwischen und mich auf dem Weg zum Parkhaus davon zu machen, wo wir unter Zuhilfenahme des Verbandskastens aus unserem Auto die Wunden behelfsmäßig hätten versorgen können. Aber die fürsorglichen Passanten bewachten mich mit Argusaugen, und so musste ich wohl oder übel die Ankunft des Rettungsdienstes abwarten. Als dieser eintraf, entstiegen dem Fahrzeug zwei eifrige Helfer mit ihren Köfferchen, erklärten aber gleich, dass sie vor Ort nichts für mich tun könnten und ich mit zur Notaufnahme im Krankenhaus St. Georg fahren müsse. Glücklicherweise erlaubte man mir, sitzend transportiert zu werden. Mit »Tatü-Tata« ging es los. Auf der kurzen Strecke bis zum Krankenhaus betätigte der Fahrer sein geliebtes Martinshorn 25 mal, beim letzten Mal wohl, um den Portier zum Öffnen der Einfahrt-Schranke zu veranlassen.

In der Notaufnahme wurde ich dann bestens versorgt, und wir konnten schon bald den Heimweg antreten. Zehn Tage später erhielt ich eine Rechnung von der Hamburger Feuerwehr: Jedes »Tatü-Tata« hatte 10.90 Euro gekostet, mal 25 = 272.50 Euro! Nun wussten wir auch, warum das Martinshorn so sehr strapaziert worden war. Aber da es mir inzwischen wieder besser geht und die neue Brille (von Fielmann) sehr gut aussieht, lässt sich alles verschmerzen.

Hilfe!

Pünktlich zur 94. Wiederkehr des Todestages von Konrad Duden wurde am 1. 8.2005 die sogenannte Rechtschreibreform als verbindlich für den deutschen Sprachraum erklärt. Und das trotz des heftigen Widerspruchs von Sprachpflegern, Literaten und großen Teilen vor allem der gebildeten Bevölkerung. Hier noch ein Beispiel für den blühenden Unsinn, den die selbsternannten Fachleute mit der Reform angerichtet haben:

Sie haben einfach nicht begriffen, dass ›Mithilfe‹ etwas ganz anderes ist, als ›mit Hilfe'. Mithilfe ist die <u>aktive</u> Unterstützung (›Nur durch die tatkräftige Mithilfe meines Nachbarn war es mir möglich, den großen Baum zu fällen‹). Mit Hilfe aber ist die Nutzung eines an sich <u>passiven</u> Hilfsmittels (»Dem Baum sind wir mit Hilfe von Axt und Säge zu Leibe gerückt«). Und darum werde ich niemals »mithilfe« schreiben und bleibe in jedem Falle lieber bei der unverdorbenen alten Rechtschreibung!

Sprachlehre

Da denkt der Mensch, die Fische seien stumm,
weil sie nicht krähen, brüllen, röhren;
jedoch sie sind gar nicht so dumm:
Sie wollen nur nicht, dass wir sie hören.

Sie leben froh in ihrer Wasserwelt,
und was dort alles so geschieht,
was von den Fischlein angestellt;
kein Mensch, der solches hört und sieht.

Aber alles müssen wir erkunden,
Tiere auch unter Wasser stören.
So wurde beim Tauchen herausgefunden:
Dort unten sind sie auch zu hören!

Delfine quietschen, Wale pfeifen,
unterhalten sich auf eigene Weise.
Der Mensch, er kann es kaum begreifen:
Die Fische sind gar nicht so leise!

Fazit: Wir wollten's besser wissen,
doch Fische haben uns gelehrt:
Menschliche Wissenschaft ist oft besch…. eiden
mancher logische Schluss ist verkehrt.

Wirtschaftsaufschwung in Schilda

Im Direktionsbüro der Schildaer Schilderfabrik sass an seinem repräsentativen, wuchtigen Schreibtisch aus massivem Eichenholz der Besitzer des Werkes und grübelte vor sich hin. Die wirtschaftliche Lage war schon seit mehreren Jahren sehr unbefriedigend. Unbezahlte Rechnungen stapelten sich in geradezu beängstigender Weise, und die Banken wollten schon lange keine weiteren Kredite gewähren. Ob er wohl noch weitere seiner Mitarbeiter entlassen musste? Oder sollte er besser gleich Konkurs anmelden? Wie konnte es nur dazu kommen, dass Aufträge für neue Schilder immer seltener wurden? Und nun war auch noch eine Kampagne gegen die viel zu vielen Verkehrsschilder angelaufen. Dabei waren doch gerade diese Verkehrsschilder eine Spezialität der Schildaer Schilderfabrik, an der in der Vergangenheit das meiste Geld verdient worden war. Wie schön war es doch damals gewesen, als immer neue Schilder benötigt wurden, um den permanent anwachsenden Verkehr zu regeln.

Wie war es damals bei seinem Grossvater noch so lukrativ gewesen, als die dreieckigen Schilder mit der Aufschrift ›Halt!‹ überall ersetzt werden mussten, weil sich die Behörden darauf geeinigt hatten, dass man im Zuge der Modernisierung neue, achteckige Schilder mit der Aufschrift ›Stop‹ einzuführen hatte. Aber Halt! Da kam ihm ein Gedanke: Da war doch kürzlich eine Rechtschreibreform gewesen! Und nach den neuen Regeln durfte man nun statt ›Stop‹ nur noch ›Stopp‹ schreiben. Da musste sich doch etwas machen lassen! Sogleich griff der geplagte Fabrikbesitzer zum Telefon. Der Anruf galt dem Vertreter der Schilderlobby in Berlin. Diesem berichtete er nun von seinen Problemen und kam dann auf die neue Rechtschreibung zu sprechen. Eigentlich müsse man doch nun auch alle Verkehrsschilder der neuen Schreibweise anpassen. Dazu komme auch noch, dass ein diesbezüglicher Beschluss die wirtschaftliche Lage seiner Firma verbessern und in Schilda etwa 100 neue Arbeitsplätze schaffen würde. Bei der folgenden Erörterung des Problems kam dem Lobbyisten noch ein weiterer Gedanke: Bei ›Stop‹ sei doch auch eigentlich ein leicht gedehntes O zu sprechen, also etwa wie in ›Stoph‹. Und ein Willi Stoph sei doch schliesslich ein prominenter Mann in der ehemaligen DDR gewesen. Und da die Regierenden in Berlin so versessen darauf seien, alle, aber auch alle Erinnerungen an jene Deutsche Demokratische Republik zu unterdrücken, wäre doch ein weiterer, dringender Anlass gegeben, die betreffenden Schilder durch solche mit der neuen Schreibweise zu ersetzen.

So wurden also die Räder der politischen Entscheidungsmaschinerie in Bewegung gesetzt. Und nun warten wir darauf, dass möglichst bald der Beschluss gefasst wird, die ungeliebten Schilder abzumontieren und an ihrer Stelle neue, natürlich durch die Schildaer Schilderfabrik hergestellte Schilder anzubringen. Und das nicht nur in Schilda, denn in diesem unserem schönen Lande ist schliesslich überall Schilda!

Fiskus Paradox

Es ist schon eine schwierige Sache, die Staatsfinanzen zu managen. Aber noch viel schwieriger ist es, die verschlungenen Wege nachzuvollziehen, auf denen sich die Geldflüsse bewegen. Da werden Milliardenbeträge vom Landwirtschaftsminister als Subventionen an Tabakanbauer gegeben. Gleichzeitig erhält das Gesundheitsministerium Geld, um unter anderem die Tabaksucht zu bekämpfen. Der Finanzminister aber freut sich über jede Zunahme bei den Tabakfreunden, weil ihm das zusätzliche Gelder aus der Tabaksteuer beschert, und es stört ihn offenbar gar nicht, dass er sich damit zum Komplizen von Drogenhändlern macht.

Wie leicht wäre es doch, hier zu sparen, etwas für die Volksgesundheit zu tun und auch noch das Gesundheitswesen zu sanieren. Man brauchte nur die Tabak-Subventionen zu streichen, die Bekämpfung der Tabaksucht den Krankenkassen zu überlassen und das gesamte Aufkommen aus der Tabaksteuer eben an diese zu überweisen. Wie zum Beispiel bei gefährlichen Sportarten, könnten dann die Kassen Leistungen aus dem normalen Beitragsaufkommen für alle Erkrankungen, die zweifelsfrei auf Tabakrauchen zurückzuführen sind, verweigern. In diesen Fällen wären ausschliesslich Mittel aus der Tabaksteuer zu verwenden. Der Erfolg liegt auf der Hand:

Die Bundesregierung wäre aus dem Dilemma zwischen Tabaksubventionen und Suchtbekämpfung befreit. Der Finanzminister wäre das Odium des Profiteurs aus dem Drogenhandel los. Das Gesundheitswesen bzw. die Krankenkassen wären mit einem Schlag saniert, und die Versicherten brauchten mit ihren Beiträgen nicht mehr die Behandlung der Suchtkranken zu finanzieren. Am Rande sei noch erwähnt, dass das Aufkommen aus der Tabaksteuer mit einiger Sicherheit erheblich höher sein dürfte, als die Ausgaben der Krankenkassen für die Behandlung der Suchtkranken.

Das verflixte ›Ü‹

Aufmerksam wurde ich auf diese Problem dadurch, dass erstaunlicherweise Rundfunk- und Fernsehsprecher, ebenso wie viele Politiker und andere Vielredner, sich nicht der Mühe unterzogen hatten, sich nach der korrekten Aussprache für den Namen des Unglücksortes Tschernobyl zu erkundigen. Mit schon fast bewundernswerter Sturheit sprechen sie fast alle immer noch von ›Tschernobühl‹. Dabei ist doch bei korrekter Aussprache das y in diesem Namen fast stumm bzw. als schwacher i-Laut zu hören. Aber es ist wohl nun einmal so, dass sich die Auffassung hartnäckig behauptet, dass das Y wie ein Ü auszusprechen sei. Wohl das schlimmste Beispiel für diese Verirrung fällt bei der Aussprache des Namens von Libyen auf. Hier hält sich seit langer Zeit die unsinnige Ausspracheform Lühbien. Allerdings haben wir auch schon Lybüen gehört, ja, sogar einmal Lühbüen! Nun ist es ja verständlich, wenn kaum jemand die amtliche Bezeichnung dieses Staates in der (arabischen) Landessprache kennt. Wer würde schon Al Jamahiriya al Arabiya al Libiyah ash Sha'biyah al Ishtirakiya al Uzma sagen wollen. Das heisst in verkürzter Übersetzung etwa soviel wie Sozialistische Libysche Arabische Volksrepublik. Zumindest zeigt uns aber die arabische Bezeichnung, dass das y hier lediglich den Charakter eines Dehnlautes für das vorausgehende i hat. Es wundert einen aber schon, wenn immer noch Verballhornungen wie Ägüpten, Zühpern oder Sührien üblich sind, wo doch in allen diesen Namen kein ü vorkommt. Nur beim Yemen (internationale Bezeichnung) hat man sich elegant geholfen. Hier heisst es im deutschen Sprachbereich Jemen, und daher wird dann wohl auch niemand Üemen sagen! Auch bei New York geht es erstaunlicherweise ohne ›Ü‹.

Aber nicht nur bei den vorerwähnten Eigennamen gibt es diese Unsitte. So mancher Häuslebauer muss mangels eigener Kapitaldecke eine ›Hühpothek‹ aufnehmen. Und auch bei Symbol und System oder Sympathie hören wir immer wieder das verflixte Ü. Warum eigentlich nicht bei der Hyäne? Auch bei Börsenberichten wird immer wieder gern von Analüsten gesprochen, während man andererseits richtig von analysieren spricht, also das y richtig wie ein i ausspricht. Mir kommt da irgendwie immer in den Sinn, dass der Sprecher vielleicht eigentlich Analüstlinge sagen wollte.

Einmal abgesehen vom Y haben deutsche Sprecher überhaupt oft recht merkwürdige Auffassungen von fremdländischen Bezeichnungen und geben sich offensichtlich auch nicht damit ab, Fachleute nach einer korrekten Aussprache zu fragen. So hören wir vom Aussenminister auch die so oft verwendete falsche Aussprache Al Keida für jene Terrororganisation, welche in der englischen Version Al Qaeda heisst, womit der in westlichen Sprachen unbekannte arabische Kehllaut mit Q besser umschrieben und gleichzeitig klar wird, dass a und i in diesem Fall getrennt auszusprechen sind. Auch die Organisation Hizb'Allah, übersetzt Partei Gottes und im Englischen in einem Wort als Hizballah geschrieben, heisst bei uns aus unerfindlichen Gründen Hizbollah. Aber damit nun genug des grausamen Spiels. Vielleicht schafft es unser Bildungswesen doch noch irgendwann, uns öffentliche Sprecher zu bescheren, die mehr Achtung nicht nur vor der deutschen Sprache, sondern auch vor fremden Sprachen besitzen.

Ein solides Haus

Es war damals, in den dreissiger Jahren des 20. Jahrhunderts. Da war ein dicker, geltungssüchtiger Mann, der es zu offiziellen Titeln und Würden gebracht hatte. Hermann hiess er. Und als seine Partei an die Regierung gekommen war, da erhielt er als ehemaliger Fliegerhauptmann auch noch einen Titel als ›Reichsluftfahrtminister‹. Wie es seinem Wesen entsprach, liebte er alles etwas gewaltig, und so liess er sich ein ›Reichsluftfahrtministerium‹ im Zentrum der Hauptstadt bauen, welches an Grösse und Stabilität alle anderen Ministerien übertraf. Nun wurde er aber auch Chef der Treuhandstelle für die Verwaltung (und Verwertung) jüdischen Vermögens. Da in seinem überdimensionierten Gebäude noch reichlich Platz war, konnte auch diese Behörde dort noch Raum finden, selbst als nach dem Anschluss Österreichs an das ›Grossdeutsche Reich‹ Das Vermögen der Juden aus der ›Ostmark‹ hinzu kam.

Verlassen wir nun jene unschönen Zeiten. Es kam ja ein grosser Krieg, in dem Berlin ein gewaltiger Trümmerhaufen wurde. Nur wenig blieb stehen. Aber der fast unzerstörbare Palast des dicken Hermann überstand auch diese Periode mit relativ geringfügigen Beschädigungen. So kam es, dass der Bau auch von der DDR als Haus der Ministerien genutzt werden konnte.

Und wieder kam eine grosse Wendezeit. Die DDR, nun als ›ehemalige DDR‹ in den Sprachgebrauch eingeführt, wurde an die grossd…, Verzeihung! …an die Bundesrepublik Deutschland angeschlossen. Vieles aus der DDR wurde abgeschafft beziehungsweise abgebaut. Das solide Haus in Berlin überstand auch diese Periode. Es diente nach dem Umzug des Provisoriums aus Bonn nach Berlin wieder als Heimstatt für ein Ministerium. Und auch sonst blieb man der Tradition verhaftet. Da reichlich Platz für eine weitere Behörde war, siedelte man die Treuhandanstalt für die Verwaltung (und Verwertung) des Staatsvermögens der (ehemaligen) DDR dort an. Aber auch diese Überführung des ›Volkseigentums‹ jenes aufgelösten Staates ist inzwischen beendet. Was nun?

Da kommt einem doch eine Möglichkeit in den Sinn, die dem Vorgehen unserer Regierenden zur Zeit entsprechen müsste. Warum konfisziert man nicht das immerhin nicht unbeträchtliche Vermögen unserer Rentner? In dem bewussten Gebäude wäre bestimmt noch Platz für eine Treuhandstelle zur Verwaltung (und Verwertung) des Vermögens der Rentner!

V

DDR – Reminiszenzen

Meine Frau kann einfach nichts fortwerfen: Man könnte es ja vielleicht noch einmal gebrauchen! Außerdem ist sie ein Sicherheitsfanatiker: Alles, was eventuell gebraucht werden könnte, muss in Reserve gehalten werden. So werden beim Kauf eines neuen Autos Ersatzsicherungen, Ersatzlampen u.s.w. angeschafft. Mit der Zeit sammelt sich so einiges an, zumal jeder neue Autotyp wieder andere Lampen und dergleichen erfordert. Bordwerkzeug ist meist nicht ausreichend, also muss etwas Reelles her. So hat sich inzwischen ein ganzer Koffer mit solchen Dingen gefüllt.

In den Jahren vor dem Anschluss der DDR haben wir als Bewohner der »grenznahen Kreise« oft von der Möglichkeit von Tagesausflügen nach »Drüben« gebrauch gemacht. Bei Grenzkontrollen tauchte immer wieder die Frage auf: »Und was ist in dem Koffer da?« Die Antwort, das sei unser Werkzeug- und Ersatzteilkoffer, traf bei DDR-Grenzern auf volles Verständnis, denn bei Trabi und Wartburg war es ja auch ratsam, so etwas mitzuführen. So mussten wir den Koffer auch nur ein einziges Mal öffnen.

Dann gelang es mir, meine Frau davon zu überzeugen, dass all' die Ersatzteile für längst vergangene Autos wirklich nicht mehr zu verwenden sein dürften. Und so beschlossen wir, etwas zu Gunsten der DDR-Autofahrer zu unternehmen. In Boizenburg gab es ein »Technisches Kaufhaus und Tauschzentrale«. Dort wollte ich die Dinge loswerden. Gesagt, getan. Vom Parkplatz hinterm Rathaus wurde der Karton mit den guten Sachen zum Laden getragen. Erster Akt: Schlangestehen. Dann ging's in den Laden. Zwei Plätze hinter mir hatte sich ein Offizier von Grenztruppen oder Volkspolizei angestellt. Im Laden spielte sich das gewohnte Drama ab: »Fahrradpedale? Nein, die haben wir nicht, aber ich kann Ihnen Fahrradklingeln verkaufen, aber pro Person nur zwei Stück!« Und so weiter. Dann war ich dran: Zweifelnder Blick, denn schon an Kleidung und Auftreten war der Wessi zu erkennen. Ich bot meinen Karton dar: »Können Sie das gebrauchen? Ich will nichts dafür haben.« Zögern, ein versteckter Blick in Richtung des Uniformierten, dann, fast bedauernd: »Nein, dafür haben wir keine Verwendung.« Ab zum Parkplatz.

Da hantiert ein paar Autos weiter ein Mann mit Werkzeug an einem Trabi. Mit meinem Karton ging ich zu ihm: »Können Sie damit etwas anfangen?« Ein prüfender Blick rundum, dann die vorsichtige Frage: ›Was woll'n Se'n dafür haben?« »Nichts, ich kann das nicht mehr gebrauchen!« – Da ging ein Leuchten über sein Gesicht, er griff nach dem Karton und verstaute ihn ganz schnell in seinem Kofferraum: »Vielen Dank!!«

Auf den Fahrten in die DDR hatten wir immer eine Tüte mit Orangen und etwas Schokolade dabei: Als Notverpflegung und für gelegentliche Geschenke. Einmal parkten wir zur Mittagszeit bei einer Schule. Dort gab es eine Gaststätte, unter anderem für das Schulpersonal, Kinder und Angestellte der nahe gelegenen LPG. Das Essen war »gut bürgerlich« und sehr preiswert. Als wir zum Parkplatz zurückgingen, war gerade der Schulunterricht beendet. Ich gab die Plastiktüte mit Orangen einem der Schüler zur Verteilung. Das ging blitzschnell. Als wir noch beim Einsteigen waren, kam er schon zurückgerannt und wollte uns die leere Tüte zurückgeben. Als wir ihm sagten, die könne er behalten, da bedankte er sich noch einmal ganz besonders!

Kenianische Hochzeit

Sein Name war Ego. Er gehörte dem großen Stamm der Kalenjin an, der nach dem Tode des Staatsgründers Jomo Kenyatta auch den Präsidenten des Landes stellte, jenen berüchtigten Daniel arap Moi, welcher sich später zu einem rücksichtslosen Tyrannen entwickelte. Ego war ein glückliches Kind. Seine Eltern besaßen ein schönes Stück Land und waren wohlhabend genug, um ihren begabten Sohn zur Schule schicken zu können. Das war längst keine Selbstverständlichkeit in einem Land, in dem damals noch über 30 % der Menschen weder lesen noch schreiben konnten. Die noch unter der britischen Kolonialherrschaft eingerichteten Schulen waren für afrikanische Verhältnisse ausgezeichnet. So lernte Ego gutes Englisch und konnte dank seiner angeborenen Intelligenz eine überdurchschnittliche Bildung erwerben. In einer Missionsschule wurde er später in Buchführung unterrichtet. So erhofften seine Eltern sich von ihm, dass er auf Grund seiner guten Ausbildung eine lukrative Stellung in der Verwaltung antreten würde.

Zunächst aber fand der junge Mann nur Arbeit bei kleineren Betrieben, und sein Einkommen blieb für einige Zeit eher bescheiden. Die Inder, in deren Händen das Geschäftswesen im Lande zu einem großen Teil lag, nutzten die einheimischen Arbeitskräfte weidlich aus und bezahlten sie nicht besonders gut. Aber Egos Chance sollte noch kommen.

Im Rahmen von Entwicklungshilfe-Projekten hatte ein Konsortium von europäischen Industriellen im Inselstaat Madagaskar eine florierende Textilindustrie aufgebaut. Nun bot sich eine Gelegenheit, ebenfalls im Rahmen der Entwicklungshilfe einen Filialbetrieb in Kenia zu errichten. Experten aus verschiedenen Ländern wurden zur Unterstützung angeworben. Unter ihrer Leitung sollten einheimische Arbeitskräfte angelernt werden mit dem Ziel, später den Betrieb und letztendlich auch die Führung des Unternehmens in deren Hände zu legen. Ego bewarb sich um eine Anstellung in der Buchhaltung und wurde auch auf Grund seiner Kenntnisse und des guten Eindrucks, den man sofort von ihm gewann, unverzüglich eingestellt. Sein direkter Vorgesetzter, Fred Bordon, war eine der typischen Figuren, wie man sie in solchen Stellungen immer wieder findet. Als Sohn einer britischen Mutter war er in Belgien aufgewachsen und später von der Bank, bei der er angestellt war, nach Mauritius versetzt worden. Dort hatte er eine bezaubernde Halbchinesin geheiratet. Damit war er für die konservative weiße Gesellschaftsschicht allerdings zur Unperson geworden und wurde von ihr gemieden. Konsequenterweise sah er sich nach einer neuen Position um, die er dann auch als Leiter des Rechnungswesens bei der erwähnten Textilfabrik erhielt.

Kaufmännischer Direktor des Unternehmens war ein Deutscher. Auch er hatte schon in mehreren Ländern gearbeitet. In einer zweijährigen Tätigkeit in Ostafrika hatte er Gelegenheit gehabt, die Mentalität der Eingeborenen intensiv zu studieren. Die beiden Weißen erkannten sehr schnell die Begabung und Intelligenz Egos und beförderten ihn schon nach kurzer Zeit zum Chefbuchhalter.

In der Zwischenzeit hatte unser Freund eine junge Frau seines Stammes kennen gelernt und war eine enge Beziehung mit ihr eingegangen. Drei hübsche, gesunde Kinder waren aus der Verbindung hervorgegangen. Aber zu einer Heirat kam es nicht. Die Tradition in der kenianischen Gesellschaft verlangt, dass eine Hochzeit großartig ausgestattet wird. Das ganze Dorf nimmt daran Teil. Das ist natürlich eine sehr kostspielige Angelegenheit. Deshalb muss es meistens jahrelang ohne Trauschein gehen. Nun hatte aber Ego jetzt eine achtbare Stellung erreicht. Auch sein Einkommen war auf eine für die dortigen Verhältnisse sehr beachtliche Höhe gestiegen. Der Planung einer Hochzeit in angemessenem Stil stand also nichts mehr im Wege.

Fred Bordon und sein Direktor wunderten sich, dass Ego in der letzten Zeit ungewohnt zerstreut und manchmal sogar unpünktlich war. Das kannten sie bei ihm so gar nicht. Und dass er intensiv mit den Heiratsvorbereitungen beschäftigt war, konnten sie schließlich nicht ahnen. Endlich merkte auch Ego, dass er von seinen beiden Vorgesetzten immer kritischer betrachtet wurde. Er sprach also mit ihnen über seine Hochzeitspläne und die damit verbundenen Vorbereitungen. Außerdem hatte er noch ein ganz besonderes Anliegen: Würden die Herren es als aufdringlich oder gar unverschämt betrachten, wenn er sie zu den Festlichkeiten einladen würde? Sozusagen als seine Ehrengäste? Natürlich dachte er insgeheim daran, wie so ein Besuch sein Ansehen im Dorf steigern würde. Das sagte er allerdings den beiden Europäern lieber nicht. Diese besprachen die Angelegenheit und entschlossen sich dann, Egos Einladung anzunehmen.

Dann war der Hochzeitstermin herangekommen. Ego hatte eine Woche Urlaub genommen und befand sich in seinem Dorf. Die Europäer hatten ein angemessenes Hochzeitsgeschenk besorgt und machten sich in Freds Range Rover auf den Weg. Von Eldoret, auf der westlichen Hochebene Kenias gelegen, waren es immerhin etwa 50 km bis zu dem Heimatdorf Egos. Zunächst ging es über eine festgefahrene Schotterstrasse, die nach einer Stunde Fahrt in eine tiefe Schlucht hinab führte. Malerischer Dschungel umgab die Reisenden. Von den Hängen der Schlucht stürzte ein Wasserfall etwa 100 Meter tief hinab und ergoss sein Wasser unten in einen reißenden Bach. Über den Bach führte eine schmale Holzbrücke, die gerade breit genug für den Range Rover war. Nach glücklicher Überquerung der Brücke hörte die Strasse auf, und der Weg verwandelte sich in eine der üblichen Sandpisten, die nur bei einigermaßen trockenem Wetter zu befahren sind. In den roten Lateritboden hatten sich tiefe Fahrspuren eingegraben, und Schlaglöcher machten sorgfältiges Navigieren notwendig. Die Fahrgeschwindigkeit reduzierte sich auf etwa 20 km/h, und die«Ehrengäste» begannen schon zu befürchten, dass sie nicht mehr rechtzeitig zu den Feierlichkeiten am Ort des Geschehens eintreffen würden. Als sie aber aus der Schlucht wieder auf das Hochplateau hinauskamen, besserte sich der Zustand des Weges. Dieser führte nun über einigermaßen trockenen und festen Sandboden durch eine Steppenlandschaft. Erst in Sichtweite des Reiseziels wurde der Weg wieder etwas problematischer. Hier hatten die Viehherden der Dorfbewohner den Weg aufgewühlt und mit ihren natürlichen Hinterlassenschaften teilweise in einen zähen, rutschigen Brei verwandelt. Schlingernd und schaukelnd fuhr das Fahrzeug mit den Ehrengästen durch ein Spalier staunender Hochzeitsgäste in das Dorf ein.

Ego begrüßte stolz seine weißen Gäste und stellte ihnen seine Familie vor: Eine schon etwas in die Jahre gekommene Mammi im langen, weißen Hochzeitsgewand und drei gesittete, schwarze Kinder im Alter von 5 bis 13 Jahren. Eine Unzahl weiterer naher und entfernter Verwandter drängte sich ebenfalls zur Vorstellung, bis die Gäste dann endlich in die »Festhalle« geführt wurden. Aus jungen Baumstämmen und belaubten Zweigen hatte man eine Art riesiger Laubhütte errichtet, die wohl an die zweihundert Menschen aufnehmen konnte. Auf schnell zusammengezimmerten Bänken nahm man an langen, rohen Holztischen Platz. Und dann begann der große Festschmaus. Unmengen von Reis, übergossen mit schmackhafter Bratensoße, Hühnerfleisch, die besten Stücke vom Rinderbraten, frisches Obst, alles war reichlich vorhanden. An Bestecken mangelte es allerdings, und auch den Trinkgefässen war der jahrelange Gebrauch deutlich anzusehen. Neben selbstgebrautem Bier gab es hauptsächlich Milch, für verwöhnte Mägen auch etwas Mineralwasser. Zwar wurden den weißen Gästen Messer und Gabeln angeboten, aber diese zogen es doch vor, sich wie fast alle anderen Gäste ihres Naturbestecks zu bedienen und mit zwischendurch immer wieder einmal abgespülten Händen zuzugreifen.

Die Heiratszeremonie selbst hatte fast unbemerkt im engsten Familienkreis stattgefunden. Danach mischten sich der Pastor und die frisch Vermählten kaum bemerkt wieder unter die Feiernden. Immer wieder wurden Geschenke überreicht und kleine Ansprachen gehalten, deren Inhalt die Europäer allerdings nicht verstehen konnten. Natürlich wurde Suaheli gesprochen, noch dazu im lokalen Kalenjin-Dialekt. Auch Volkstanz-Vorführungen fanden statt. Der absolute Höhepunkt aber war der Auftritt der örtlichen Mütter-Liga. In malerischer Stammeskleidung, in einigen Fällen zusätzlich durch einzelne europäische Kleidungsstücke aufgehübscht, mit Fahnen und Transparenten, Hausgerät und Trommeln bewaffnet, stampften die rustikalen Damen laut singend auf den Dorfplatz.

Unter ihren Füssen wirbelte der Staub empor und die in der afrikanischen Hitze transpirierenden, zumeist recht üppigen Leiber drehten sich unter rhytmischem Gesang und Getrommel unermüdlich im Kreise.

Es wurde schon langsam dunkel, als sich die weißen Gäste wieder auf den Heimweg machten. Angebote zur Übernachtung in den Hütten des Dorfes hatten sie unter fadenscheinigen Begründungen dankend abgelehnt. Und da sie den Weg ja nun bereits kannten, war die Rückreise auch nicht allzu schwer zu bewältigen.

Bleibt noch zu erzählen, wie es den Beteiligten weiter erging. Ego europäisierte sich in zunehmendem Masse. Schließlich war er ja nun zu einer achtbaren Persönlichkeit geworden. Er trug nur noch europäische Kleidung, ganz formell mit Anzug und Krawatte. Und er nannte sich jetzt Thomas Ego Fara. Schon etwa ein Jahr nach seiner Hochzeit übernahm er Freds Posten als Leiter des Rechnungswesens. Fred hatte seine Aufgabe in Kenia beendet und versuchte, eine neue Anstellung in Kenia oder Europa zu finden. Dabei war nicht zuletzt seine Ehe mit einer Nichtweißen immer wieder ein Hindernis. Aus Kummer sprach er dem Alkohol mehr zu, als gut für ihn war. Seine Spur verliert sich in Mauritius, wo chinesische Verwandte seiner Frau ihm eine Wiedereingliederung ermöglichen wollten. Der kaufmännische Direktor übernahm später eine neue Aufgabe in Tansania. Seine Sekretärin, auch Angehörige des Kalenjin-Stammes, überreichte ihm zum Abschied zwei Original-Tanzmasken aus Ebenholz, die ihn noch heute an die kenianische Hochzeit erinnern, obwohl die Sekretärin, die ihren Chef sehr geliebt hatte, damit eigentlich die Absicht verband, ihm ein bleibendes Andenken an sie selbst mitzugeben. Aber leider war ihre Liebe wohl unerwidert geblieben.

Island

Bekanntlich ist Island nicht nur ein Land einzigartiger Naturwunder, es ist auch ein Land der Trolle und Elfen. Eines Tages entschlossen wir uns, die ferne »Insel Thule im Nordmeer« zu besuchen. Wir sollten herausfinden, dass alles, was wir über Island gehört, gesehen und gelesen hatten, der Wahrheit entsprach; nur war es in Wirklichkeit noch wunderbarer, so dass wir einigermaßen überwältigt waren von den Erlebnissen unserer Reise.

Wie geplant, umrundeten wir die große Insel und genossen die Schönheiten und Erlebnisse am Wege: Bootsfahrten auf einem See zwischen haushohen Eisbrocken, Wege über knietiefes, weiches Moos, Wasserfälle, Gletscher und vieles mehr. Dabei folgten wir den Bräuchen des Landes und dachten auch daran, die allgegenwärtigen Trolle und Elfen gebührend zu beachten. Mit den Trollen hatten wir wenig Ärger, vielleicht weil wir ihnen zwei Jahre zuvor anlässlich einer Norwegenreise auf Troldhaugen, wo der Komponist Edvard Grieg sich sein Heim errichtete, bereits unsere Reverenz erwiesen hatten. So erlaubten sie sich nur hin und wieder einen Schabernack. Zum Beispiel an dem Tag, als wir bei Sonnenschein, unsere Regenkleidung im Wagen lassend, im Haukadalur wanderten, dem Tal der Geysire, und als sich in Minutenschnelle der Himmel verfinsterte und uns ein Regenguss bis auf die Haut durchnässte. Zurück zum Parkplatz schafften wir es dann im Laufschritt in zehn Minuten!

Aber die Elfen. An einem Tag machten wir uns auf den Weg von Egilsstadur zur Durchquerung des Nordostteils der Insel. Der Weg führt stundenlang durch eine wüste Landschaft mit Sand- und Steinfeldern. In früheren Zeiten haben die Isländer bei Reisen durch gefährliche Gebiete, von denen es auf der Insel einige gibt, vorher die Elfen um eine gute Überfahrt gebeten und sich nach glücklicher Ankunft mit einer kleinen Steinpyramide bei ihnen bedankt. (Und Steine gibt es dort überall in reichem Maße!) Als wir gegen Ende unserer Durchquerung einen hohen Hügel erreichten, sahen wir hunderte solch' kleiner Pyramiden. Wir hielten an und erklommen den Hügel, von dem aus man in der Ferne ein erstes Haus mit grünem Land am Ende der Wüstenstraße erkennen konnte. Den Bräuchen der Insel folgend, errichteten wir eine kleine Pyramide aus herumliegenden Steinen. Wenn ich mich nicht geirrt habe, dann schaute zusammen mit einem Sonnenstrahl lächelnd eine Elfe hinter den Wolken hervor.

Auf unserer weiteren Reise gab es auch keinen Regen mehr. Es war wohl so: Immer wenn bedrohliche dunkle Wolken aufzogen, kam eine Elfe und schob sie mit ihren rosigen Händchen beiseite, uns eine gute Reise und wohlbehaltene Heimkehr wünschend.

Drahtesel

Der grosse Krieg war vorüber. Und die Jahre von Hunger und Sorgen, welche ihm folgten, hatten die Menschen in Deutschland nun auch endlich überstanden. Es gab wieder wertbeständiges Geld, für das man schon bald ganz normal einkaufen konnte. Zwei junge Leute in einer kleinen Stadt am Niederrhein taten sich zusammen, um ihr gemeinsames Leben aufzubauen. Zunächst ging es noch sehr mühsam voran, denn man besass kaum das Notwendigste zum Leben. Aber bald bemerkten sie doch, wie es langsam aufwärts ging. Ihre erste nicht unbedingt notwendige Anschaffung waren zwei Fahrräder, da sie beide gern etwas beweglicher sein wollten. Zum Beispiel konnte man über die nahe gelegene niederländische Grenze fahren (wozu man damals noch einen gültigen Reisepass benötigte), um dort günstig Sachen einzukaufen, die es in der Bundesrepublik noch nicht gab.

Dann kam erstmalig wieder ein Urlaub, der zur Erholung genutzt werden konnte, und so beschlossen die Beiden, mit ihren neuen Fahrrädern eine Reise zu unternehmen. Geld war natürlich nur wenig verfügbar. Also wurde beschlossen, in Jugendherbergen zu übernachten und dort auch Abendessen und Frühstück einzunehmen. So wurden die Kosten ganz beachtlich gesenkt. Zwar waren sie schon 23 und 24 Jahre alt, aber ihre eigentliche Jugend hatte ja wegen der Unterbrechung durch den Krieg und die Nachkriegsnöte gerade erst richtig begonnen. So verstauten sie also ihr Gepäck in den Fahrradpacktaschen, bestiegen fröhlich ihre Stahlrösser und fuhren los. Bei der Siegfriedstadt Xanten erreichten sie den Rhein, an dem sie nun entlang radelten. Die vom Krieg stark zerstörte Grossstadt Köln wurde nur kurz besucht, denn sie wollten ja keine grossen Städte, sondern die schöne Natur geniessen. Bald schon tauchten die Berge von Siebengebirge, Ville und Eifel auf. Von der Uferstrasse aus genossen sie den Blick auf den Fluss und die immer näher heran rückenden Weinberge, bewaldeten Höhen und romantischen Burgen.

In einer hoch oben am Berg gelegenen Burg befand sich eine Jugendherberge. Von der Burgterrasse beim Kartoffelschälen für das Abendessen und beim Absingen froher Lieder schweifte der Blick weit hinüber in den Westerwald. In Jugendherbergen herrschten strenge Sitten: Die Gäste halfen bei der Essenszubereitung, und wer da nicht mitmachte, durfte eben nachher den Abwasch erledigen. Einer der überall angebrachten Sprüche blieb im Gedächtnis haften: ›Die Hose zieret nur den Mann; drum Mädel, zieh' ein Röcklein an!‹ Natürlich ist es für den männlichen Radler schon eine Augenweide, wenn der Gegenwind der Radlerin das Röcklein um die strampelnden Beine weht.

Weiter ging es nach Koblenz. Dort überquerten sie den Rhein, um die Räder den langen Weg hinauf zur Festung Ehrenbreitstein zu schieben. Die Mühe lohnte sich, denn der Blick auf Koblenz und den Unterlauf der Mosel ist einfach überwältigend. So sahen sie auch schon den ersten Teil ihrer weiteren Route vor sich. Ab hier ging es moselaufwärts auf engen Strassen durch die Weinberge, die manchmal so nahe an den Fluss heranrückten, dass kein Platz mehr für die Strasse blieb und man den Fluss überqueren und den Weg auf der anderen Seite fortsetzen musste. Nachdem sie das romantische Städtchen Cochem, überragt von der imposanten Reichsburg, hinter sich gelassen hatten, erreichten sie einen Höhepunkt ihrer Reise: Den malerischen Ort Beilstein.

Die Jugendherberge war überbelegt, und sie mussten mit einem Ausweichquartier vorlieb nehmen. Also meldeten sie sich bei der Herbergsmutter am Strasseneingang eines Häuschens am Hang. Drei Treppen hoch ging es zum Heuboden, wo eine Hintertür gleich wieder auf die Gasse hinausführte.

Die Herbergsmutter in Beilstein führte die beiden Radler auf den Heuboden. Ihre strenge Anweisung: ›Die Jungs links vom Aufgang, die
Mädels rechts!‹ Dann liess sie die neuen Gäste allein. Schon tönte aus
dem Halbdunkel (von rechts!) eine Jungenstimme: ›Ihr werdet doch
wohl nicht getrennt schlafen! Wir liegen alle beisammen‹. Da unsere
Beiden ohnehin ein Paar waren, stellte das natürlich kein ernsthaftes
Problem dar.

Man verbrachte den Tag im romantischen Beilstein, besichtigte den
Ort und wanderte hinauf zur Ruine der Burg Metternich. Am Abend
sassen sie mit den anderen Jugendlichen zusammen in einem in den
Fels gehauenen Weinkeller, und es wurde richtig gemütlich. Zur
Runde gehörten einige Faltbootwanderer, welche sich die Mosel ab-
wärts treiben liessen und von jedem dabei probierten Wein ein Etikett
auf die Aussenhaut ihrer Boote klebten, die schon recht bunt aussahen.
Vier weitere Radwanderer, davon zwei Luxemburger, wollten ebenfalls
moselaufwärts fahren, und so setzte man am nächsten Morgen den
Weg zu Sechst fort.

Es war ein schöner Sommertag, an dem sie in Richtung Trier fuhren.
Die romantischen Weinorte Zell, Traben-Trarbach und Bernkastel-
Kues lagen auf ihrem Weg, und neben ihnen wand sich der Fluss in
weiten Bögen und Schleifen durch die Berge. Manchmal standen auch
Obstbäume am Weg, die den Radlern willkommene Zusatznahrung
lieferten. Endlich erreichten sie die geschichtsträchtige Stadt Trier, die
älteste Stadt Deutschlands. Eine gründliche Besichtigung der Stadt
und ihrer zahlreichen Geschichtsdenkmäler nahm einen ganzen Tag
in Anspruch.

Die nächste Etappe war Luxemburg. Zwei Mitglieder der Gruppe
waren hier am Ziel. Sie luden die Mitfahrer aber noch ein, im Gartenhaus ihrer Familie zu wohnen und mit dieser ein zünftiges Abend-

essen zu geniessen, Das Gartenhaus war übrigens mit einer umfangreichen Streichholzschachtel-Sammlung ausgestattet, die sämtliche Wände dekorierte. Am nächsten Tag schloss sich eine sachkundig geführte Besichtigung der Stadt mit ihren gewaltigen Festungsanlagen an. Immerhin wurde Luxemburgs Festung als die nach Gibraltar stärkste Europas zwischen dem 15. und 19. Jahrhundert angesehen. Nun trennten sich die Wege: Die Luxemburger blieben zu Hause, zwei aus der Gruppe fuhren weiter nach Frankreich, und unsere Beiden schlugen den Weg nach Norden ein.

Durch die Täler der Alzette, Sauer und Clerve ging es nach Clervaux, dann über St.Vith und Monschau durch die eigenartige Landschaft der Eifel, manchmal recht anstrengend bergauf und bergab, bis nach Aachen. Wie viele der dort Studierenden nahmen sie Quartier in Vaals, jenseits der Grenze in den Niederlanden. Auch in der Jugendherberge Vaals gab es die allgegenwärtigen Sprüche. Hier haftete im Gedächtnis: ›Hier rookt alleen de schouw!‹. Also ›Hier raucht ausschliesslich der Schornstein!‹. Am Abend gab es einen Umtrunk mit einer Studentenrunde, bei dem die Beiden das Stiefeltrinken lernten. Obwohl das Bier hier erheblich billiger war als in Aachen, betrank sich aber niemand. So war es eine ausgesprochen fröhliche Runde. Vor der Heimreise folgte noch die obligatorische Besichtigung der alten Kaiserstadt mit ihrem 1,200jährigen Dom. Dann aber ging es durch die ebene Landschaft zwischen Maas und Niederrhein zügig heimwärts.

Die jungen Leute waren so angetan von der schönen Fahrt, dass sie im nächsten Jahr gern etwas Ähnliches in Angriff genommen hätten. Aber es gab berufliche und private Probleme, und dann änderten sich die Verhältnisse grundlegend. Besseres Einkommen und ein neues Auto liessen weiter gesteckte Ziele erreichbar erscheinen. Doch trotz vieler Fernreisen in den nächsten Jahren vergass man doch nie das einmalige Erlebnis des Urlaubs auf Drahteseln!

Matjes

Es war dereinst in Niederland,
Wo den Matjes man erfand.
Doch auch bei uns geniessen heute
Die Köstlichkeit schon viele Leute
Auf die eine oder and're Art,
In den Niederlanden aber ganz apart:
Den Matjes fasst der Hollandsmann
An seinem Heringsschwänzchen an,
Hebt ihn auf zum Himmel und
Führt ihn dann hinab zum Mund,
Um jetzt andächtig jeden Bissen
Vom ›malse Matjes‹ zu geniessen.
Nach einem Fisch, so delikat,
Man Lust auf einen Zweiten hat.
Es widerspricht auch nicht den Sitten,
Genehmigt man sich einen Dritten.
Die Hand duftet nun stark nach Fisch.
Wir setzen lieber uns zu Tisch,
Den Fisch mit Gabeln aufzuspiessen,
Ihn trotzdem fröhlich zu geniessen.
Ich wünsche guten Appetit,
Setz' mich dazu und esse mit!

Zum Achtzigsten Geburtstag

Hat er auch schon manche Falte,
So ist er doch noch fit, der Alte.
Achtzig Jahre sind es jetzt,
dass er in diese Welt gesetzt,
Die so Manches hielt bereit,
Manch' schwere und manch' schöne Zeit.
Heute schaut in stillem Glück,
Er auf die lange Zeit zurück,
Erinnert gerne sich und sagt sich:
›Auf nun in die nächsten Achtzig!‹

Trinksprüche

ER wollte sich das Leben nehmen
Weil SIE ihm einen Korb gegeben.
Da traf er einen Lebemann,
Der schickte ihn zur Reeperbahn.
Bei einer Frau für eine Nacht,
Da hat er anders sich bedacht,
Denn bei DER Dame fand er Trost – PROST!

Die Abendandacht ist vorbei.
Der Pastor geht in die Sakristei
Und schliesst dort seinen Heiligenschein
Sorgfältig in ein Schränkchen ein.
Doch in der Nacht, welch' Jammer,
Schleicht ein Dieb sich in die Kammer,
Entwendet frech das das gute Stück
Und bringt es nimmermehr zurück.
D'rob ist der Pastor sehr erbost – PROST!

Wir leben gern in dieser Welt,
Mal mit viel und mal mit wenig Geld.
Weil doch so schön das Leben ist,
Wenn man das Lachen nicht vergisst!
Und kommen auch mal trübe Zeiten,
Zum Trübsinn kann uns nichts verleiten.
Das Lebensschiff treibt auf den Wellen,
Ganz so, wie wir die Segel stellen,
Und wenn der Sturm uns auch umtost – PROST!